SV

Angela Krauß
Im schönsten Fall

Suhrkamp

Erste Auflage 2011

Druck: Druckhaus Nomos, Sinzheim
Printed in Germany
ISBN 978-3-518-42173-4

1 2 3 4 5 6 – 16 15 14 13 12 11

Im schönsten Fall

Im Falle, daß die Zukunft
vor der Vergangenheit auftaucht,
wie gemessen wurde –
wie weiter?

Dieses ganze Jahr, der Sequoia-Rechner ging ans Netz, es ließ gewisse Anzeichen erkennen.

Geistig: schwindende Kraft, ein Weltgebäude zu errichten
Körperlich: sporadische Hochform
Seelisch: unbegreiflich

Ich fühlte, etwas war im Gange. In manchen Dingen ging es schlechter und schlechter mit mir. Das Multiplizieren fiel mir schwerer, gleichzeitig beunruhigte mich zunehmend alles, was sich nicht berechnen ließ: die Liebe, das Weltall, die Zukunft.

Das Multiplizieren, geschweige denn das Dividieren fiel mir schwerer, wenn ich keinen Computer benutzte, ein ganz einfaches Ding. Über dem Rechnen per Kopf fing ich an zu erschrecken angesichts der Mengenwerte, die ich bewegte bei der kleinsten elektrischen Operation, bei der ich auf Denken verzichtete. Das Kopfrechnen als Disziplin, es ist gerade am Verschwinden, ohne daß es jemandem auffällt. Eine mittlere Kopfrechenaufgabe, ein Dividieren mehrstelliger Zahlen am Ende einer trüben Wetterfront, der solare Zustrom auf meinen Taschenrechner war versiegt, hatte meine Skepsis ausgelöst. Ich fragte mich vorübergehend, woran ich meine Intelligenz messen sollte.

Die Intelligenz ist ja überall zu Hause: in der Zukunft, im ganzen Weltall, demnach auch in der Liebe. Die Liebe gehört ja zum Weltall.

Am Ende dieses Jahres habe ich Karel dreizehnmal gesehen, diese Zahl ist unteilbar. Sie ist auch zu schön, um sie freiwillig zu teilen. Nur mein Glaube an Schönheit, deren Bedeutung und tieferen Sinn ließ mich bei der Stange bleiben. Nur wenn Zusammenhänge ein Bild ergeben, das dem Auge erkennbar ist, können sie mich tragen, das weiß Karel. Mit dem Auge meine ich das Herz. Soviel zur Mathematik.

Ich stelle mir immerzu etwas darunter vor, unter dem, was i s t. Wenn ich jemanden küsse, höre ich auch nicht auf damit. Beim Küssen springt die Vorstellung davon mit einem Knall auf, wie ein Fallschirm über mir. Ich lasse den Kopf zurückfallen und schaue mit geschlossenen Augen in das ganze Sein. Ist der Kuß vorbei, zerfällt es wieder in seine Einzelteile, eine Zahl mit Unendlichkeitszeichen.

Wer bin ich, wenn ich es schon nicht zusammenhalte? Nach den Regeln meiner Schulzeit bewerte ich mich heute mit Drei, Tendenz zu Vier. Einst schnitt ich besser ab, dies ohne Ehrgeiz. Lange hielt ich alles für ein fortgesetztes Spiel, ohne Gewinner und Verlierer. Dann trat man mit Forderungen an mich heran: Jener Herr damals, täglich in Anzug und Krawatte vor

Schülern der Mittelstufe. Es hätte mich stutzig machen sollen. Was war ihm soviel Wertschätzung wert? Dreißig Kinder? Die Mathematik? Wußte er etwas, was wir nicht wußten? Er schien täglich auf irgend etwas vorbereitet zu sein, wofür er sich sorgfältig und würdevoll kleidete.

Er ist verschwunden. Ich muß nicht mehr vor ihn hintreten mit den kümmerlichen Resten dessen, was sich einst seines formvollendeten Auftritts würdig erwies. Heute bin ich eine Null, mathematisch gesehen. Es stört keinen. Niemand verlangt etwas anderes von mir. Ich muß nichts mehr können, wofür ein Erwachsener sich einst jeden Morgen so korrekt angezogen hat. Ich verfüge über sämtliche Geräte, deren Inbetriebnahme ein Mitdenken auf dieser Ebene überflüssig macht.
Ich bin frei für anderes.

Und so ging es täglich: Zeitig am Morgen bringt der Nachbar das Gebäude ins Wanken, ich bekomme ihn nicht zu Gesicht, alle drei Tage eine Batterie leerer Plastikbehälter vor der Tür, alle sechs Tage ein Paar hochhackiger Stiefel, kleine Größe, höchstens siebenunddreißig. Ich springe das Haus bergab, im Gegenzug die kurzbeinigen Hunde, sie ziehen ihre Bäuche über die Treppenkanten herauf, schon früh liegt Wettrennen in der Luft, nie komme ich den Reklameboten zuvor. Ihre bunten Wucherungen quellen durch den Ritz unter der Tür. Von oben herab trage ich auf beiden Schultern die Tüten mit

Papier vom Vortag: Kurswerte des Goldes, Überfälle, Anfälle, Unfälle, Ernstfälle, der jüngste Gipfelbericht. Ich stolpere gegen die Anwaltsschreddersäcke in der unteren Etage, falle über die Papierrollen aus dem Architekturbüro: frisch verworfene Städte der Zukunft auf dem Nachbarplaneten – der Druck des Überflusses droht das Ganze zu sprengen. Immer öfter flehe ich schon früh am Tage: Jemand muß das zusammenhalten! Was es auch sei, warten können wir nicht, bis wir es erkennen können, verstanden und benannt haben: das Weltgebäude.

Ich hatte früh eine Vorstellung davon: als ob es dort beginnt, wo ich aufhöre. Anfangs sah es also ganz so aus, als würden wir hineingeboren. Diesen Gedanken gab ich auf, als mein Geist erwachte. Das Weltgebäude will errichtet werden!
Man muß ja irgendwo wohnen.

Unser amtlicher Aufenthaltsort in den letzten Jahren: ein hohes elfenbeinfarbenes Haus inmitten einer imposanten Architektur der Gründerzeit, Stacheln auf dem geschwungenen Dach, um Tauben fernzuhalten, Hochfrequenzsendestationen in Sichtweite in westlicher und nördlicher Richtung, dreihundert Meter Luftlinie entfernt. Tief über dem nördlichen Horizont die Flugschneise der Postflugzeuge, die nach Mitternacht beflogen wird. Nachbarn rechts und links, oben und unten. Manche gehen zum Schlafen weg, andere kommen zum Schlafen her. Für Umzugsspeditionen wird ständig ein Parkplatz freigehalten. Die Fluktuation in der Kanzlei und dem Entwurfsbüro ist undurchschaubar. Langjährige Mandanten grüßen vertraut, sie können mit Hausbewohnern verwechselt werden. Die Fluktuation in den WGs erweckt niemandes Interesse. Drei Jahre Aufenthalt mag insgesamt dem Durchschnitt entsprechen. Madame Fleur ist nach fünfzig Jahren in ihr Kindheitsviertel zurückgekehrt; aufgrund der Bewegungsmuster ist das für alle anderen jedoch ohne Bedeutung.

Ich habe Karel im letzten Jahr 364mal geküßt. Das ist eine Schätzung.

Schon das ganze Jahr über gehe ich spät schlafen, von Monat zu Monat später. Ich bin daran gewöhnt, die Stadt von oben zu sehen, über zwei Baumkronen hinweg. Doch erst als für uns das Fliegen begann, entdeckte ich dieses glühende Ornament bei Nacht, ein signalsendendes Areal auf der gewölbten Erdoberfläche, einen sehnsüchtigen Fleck. Im nächtlichen Landeanflug scheinen sich alle Städte zu gleichen in ihrer festlichen Illumination, die beim Aufsetzen auf den Boden augenblicklich verfliegt. Als wäre man erwartet worden, aber nur kurz. Spät am Abend, ehe ich mich schlafen lege, muß ich mich seitdem dieses Versprechens versichern. Als fürchte ich, daß es in Vergessenheit gerät. Im Nachtgewand neige ich allabendlich meinen Kopf noch einmal witternd aus dem Fenster ins Freie.
Erwartet mich wer?

Das Küssen ist keine Sache der Zahl, es ist auch keine Handlung, eher ein Ballon aus Fallschirmseide.

Der Nachbar ließ gewöhnlich morgens schon das Haus erbeben. In den Objektkasten kommt Bewegung, die Fühler von Arcus zittern, als ob Leben in ihn gefahren wäre. Für einen Sekundenbruchteil erlöschen die Monitore in allen Etagen: eine blitzschnelle Ohnmacht, das elektronische Gerüst taumelt, jemand ist unsichtbar anwesend, der die Gerätewelt gehalten hat. Wir schauen uns an wie Schiffspassagiere nach einer rätselhaften Erschütterung, die jeder versteht. Was ich nicht begriffen habe, sackt in die Untiefen meines Bewußtseins, wo alles gesammelt und nichts erforscht ist. Ich bin mir selbst unbegreiflich geworden, sage ich seit einem Jahr schon frühmorgens, ich habe die Welt des letzten Tages noch nicht begriffen!

Elmar aus der unteren WG meldet durchs geöffnete Fenster die Reduktionsquote der Sprache bis 12 Uhr mittags: Alles im Normbereich, ruft Elmar aus seinem Gerätepark ins Freie. Auch die Sprache schaltet bei Havarie auf Notbetrieb, welcher dem Gerätestandardbetrieb entspricht. Berte aus der oberen WG läßt ihre Locken aus dem Fenster wehen. Die Advokaten blicken aus ihrem Berufsstand unbeirrt bis in die Antike zurück. Die Architekten verlassen sich auf die Berechnungen der Statiker. Sie alle sind offenbar mit dem Unbegriffenen fertig geworden.

Nämlich jeder auf seine Art.

Karel hat für das meiste eine Erklärung. Der Ausfall von Sensoren in technischen Geräten ist auf Abnutzung oder auf Überschreitung der Grenzparameter zurückzuführen. So habe jeder Drucksensor einen Berstdruck, hat Karel erläutert, und ich fiel in Tagtrance, wie immer, wenn er mir etwas erklärt.

Ich betreibe elektronische Evolution von Berufs wegen; lange reichten mir Stift und Pinsel für meine Arbeit aus. Doch mit keinem Werkzeug läßt sich die Natur an Schönheit übertreffen, an Vielfalt schon. Mit dem Grafikprogramm kommt die Schöpfung einfach schneller voran.

Hoch oben unter dem Dach über der Stadt sitze ich und widme mich dem Einzelwesen, einer kleinen phantastischen Kreatur; es braucht seine Zeit, ehe sie fliegen, schauen und manchmal sogar sprechen kann. Am Ende setze ich drei Klicks, und sie verschwindet im Schwarm. Der Schwarm ist selbst ein Einzelwesen mit eigenen Lebensgesetzen. Das Schwarmwesen braucht keine Augen mehr, sein Körper besteht überwiegend aus Zwischenräumen, einer elastischen Leere. Ich habe dann das erste, dem ich Augen gegeben hatte, verloren an eine sich ununterbrochen verwandelnde Form.
Das ist meine Arbeit.

Im letzten Jahr fing ich an zu reisen; die Animationskunst verbreitet sich schneller, als die Arten schwinden. Sie ist gerade dabei, auch vom Menschen einen Typus zu erschaffen, in dem er fortdauern könnte. Für alle Fälle. Man zeichnet in der ganzen Welt nach der Natur, indem man sie neu erfindet. Mittels einer kleinen Erinnerung, einem Detail aus dem wirklichen Leben, wird die Erfindung im Erfahrenen verankert. Das Kind erblickt die erfundene Natur sogar ohne Vergleich mit dem Grundmuster begeistert und voller Neugier. Es wird hineingeboren in eine Natur, zu deren Schöpfern ich gehöre.

Manchmal steht Berte aus der oberen WG in der Wohnung und sieht sich Arcus in seinem Objektkasten lange an. Er hängt an einer schrägen Wand über uns, mit der Flügelspannweite zweier Hände. Er ist ein Original. Er hängt da, als wäre er irgendwann einmal plötzlich erschreckt worden und hätte sich bis heute nicht davon erholt. Als hielte er noch immer den Atem an, ein Wesen aus den Tropen, das voll entfaltet nur einen Tag zu leben hat. Dem entspricht seine Pracht: seine Zeit ist kurz, er gibt alles sofort. Nur seine Augen sind zwangsläufig die eines Falters.

Nachts passiert es, daß ich erwache und mit bloßen Füßen im Stockdunkeln vorwärts tappe. Unter dem ins schräge Fenster gespannten Stadthimmel leuchtet er in einem von Gold- und Silberpartikeln durchstrahlten Blau, einer alles durchdringenden Essenz von Blau über dem Weg zu meinem und Karels Bett.

Einmal ist der Blick von Berte versehentlich über meinen Arbeitsplatz gerutscht, eine Werkstatt für 3D-Zukunftsentwürfe für das Kino von heute über die Welt von morgen. Sie stattet nur ganz kurze Besuche ab, steht wie abwesend im Raum, als hätte sie sich verlaufen. Ihr Blick hängt unüblich lange an den Dingen fest. So lange, als habe sie den Ernst des Schauens aus der Kindheit herübergerettet oder einfach vergessen aufzugeben. Ich gerate dann schnell in Rechtfertigungsdruck. Sie spricht auch lange nichts, manchmal läßt sie einen mit einem Satz zurück. Sie hat wortlos zur Kenntnis genommen, was auf meinem Monitor im Entstehen war.

Ich rechtfertigte mich mit der Erfindung der Wirklichkeit, womit wir alle ununterbrochen beschäftigt seien: Was ist eigentlich ein Original, und was bedeutet es? Es gehen Gerüchte um, möglicherweise sei die Welt nur eingebildet, gar nicht vorhanden, wenn keiner da ist. In diesem Falle lebten wir alle in einer ununterbrochenen Erfindung, warf ich in den Raum. Also Animationskunst in ganz großem Stil! Man muß damit rechnen. Nein, halt, rief ich, das wortlose Mädchen im Blick, durchgerechnet hat es Einstein vor hundert Jahren schon: Alles sei nur eine Illusion, wenn auch eine hartnäckige! Doch der Mensch, ereiferte ich mich, ist zu beschränkt für diese Be-

rechnungen, nach denen nirgendwo etwas Greifbares existiert. Solange man von früh bis spät immer irgendwo anstößt, ist das für uns alle einfach eine Zumutung.
Was? fragte Berte gedehnt.
Die Welt, erwiderte ich erschöpft, die vollständig ausgedachte Welt.

Es ereignete sich das ganze Jahr über lange nichts, wodurch ich auffällig wurde. Wir befanden uns im Strom: Mobilität und Vernetzung wachsend, Datenbewegung hoch, Speicherkapazität: unausgelastet.

Heimlich arbeite ich wie jeder Mensch am Glück. Ein Balanceakt! Er ist Privatsache. Der Körper kann seinen Urzustand nicht vergessen haben. Dieses Muster sollte abgespeichert sein. Man weiß nur nicht, wie weit man zurückgehen muß, um auf die Datei zu stoßen.

Die nächtlichen Postflugzeuge stimmten mich schon länger nachdenklich.

Ich stamme aus dem letzten Jahrhundert, ich beherrsche das Begreifen und das umfassende Verstehen; ich verstehe mich auf die leibliche Gegenwart und ihre Emanationen; ich erröte im Nu. Man sieht es mir nicht an. Unauffällig versuche ich, aus den täglich hereinflutenden Daten einen Raum zu entwerfen, in dem ich mich eine Weile niederlassen kann.

Innerlich ist man ständig am Umräumen.

Mitunter trage ich Stilettos, wenngleich nicht neun Zentimeter hoch, auf denen sich Madame Fleur geschmeidig und etwas unnahbar bewegt. Ich stehe auf den Schuhen, schaue mir das im Spiegel an und rätsele am Leben herum. Als begänne es gerade. Fleur ist frei, sie rechnet mit allem; ich dagegen schlage mich mit Zahlen herum. Fleur muß über andere Mengenwerte verfügen. Ich vergesse in ihrer Gegenwart, daß sie mir um Jahre voraus ist. Wie vieles; ich versuche darauf zu vertrauen, daß es das Unbedeutende ist, das ich vergesse. Es verlangt mich nach roten Kleidern, nach der bedingungslosen Liebe, nach einer reinigenden Wut, und manchmal vergesse ich so selbstverständlich wie ich ausatme. Das Lebendige vermag mich dann restlos in die Gegenwart zu bannen. Ein Gefühl höchster Zurechnungsfähigkeit und unmittelbarer Leidenschaft, ein Glühen. Aber man muß doch mit kaltem Kopf drei und vier zusammenzählen können und durch alles, was war, teilen und mit dem, was kommt, malnehmen!

In der Wohnung liegen hier und da beschriebene Zettel herum, ich weiß nicht, aus welchem Stadium des letzten Jahres sie stammen, sie wirken sich selbst überlassen. Natürlich besitze ich Ordner jeder Art, Pappordner und elektronische, ich bin voll ausgerüstet. Alles Vorgefallene ist dort festgehalten. Nur die Zukunft fliegt lose herum. Die Zettel führen ein Leben für sich; ich muß es ihnen lassen. Sie sind da, für alle Fälle. Der Mensch wächst ununterbrochen, indem er seine Lage zu begreifen versucht. Das Ganze sei ein System, ein unendliches Ganzes, in dem alles mit allem verbunden ist. Das betrifft das Weltall. Mit dem Weltall verhält es sich wie mit der Zukunft und mit der Liebe: Nichts davon läßt sich begreifen, aber niemand hält es lange aus, seine Theorien für sich zu behalten. Das Unbegreifliche ist das einzige, was diese Welt vor dem Auseinanderfallen bewahrt.

Ich liebe Karel.

Am Anfang hat es der Mathematiklehrer andersrum gesagt: Die Mathematik ist das Gerüst des Weltalls. Und so habe ich Nachmittage mit dem großen Einmaleins vergeudet. Dabei hätte ich es wissen müssen, denn vor ihm hatte mich bereits Onkel Roch eingeweiht, auch Onkel Roch in Anzug, Weste, mit goldener Uhrenkette, wenn er auf Millimeterpapier die Grundfläche gezeichnet hat: Quadrate, zusammengesetzt aus Dreiecken. Noch kein einziges Wort von Körpern.

Ich lasse den Kopf zurückfallen und fühle Karel.

Onkel Roch beugte sich tief zu mir herunter, nachdem ich an der nachbarlichen Zimmertür auf der Empore der Villa angeklopft hatte, sein Hals faltete sich über den steifen Hemdkragen. Tante Roch reichte mir ihre Hand, ich ergriff den Ringfinger mit dem pflaumengroßen Amethyst. Ich stecke in einem frischgebügelten Faltenrock. Wir schreiten in das kleine Zimmer, in dem Onkel und Tante Roch leben, wir nehmen an dem Tisch vor dem großen Bett Platz. Auf der Tischplatte breitet Onkel Roch das lachsrote Millimeterpapier aus. Da lag es und wartete auf eine Figur, sobald Onkel Rochs lange geäderte Hand dem feinen Etui einen Stift entnahm und zu zeichnen begann. Nicht irgendeine Figur, sondern die Grundfläche von allem. Ich hatte noch keine Ahnung. Die Welt als Ganzes sei ein Kunstwerk höchster Bezüglichkeit, tiefster Durchdringung von allem durch alles, sprach Onkel Roch, der auch im Sitzen ein hoher Mann war, mit hohem steifem Hemdkragen, ganz oben auf dem schmalen Kopf der schneeweiße Bürstenhaarschnitt.

Der Grund des Ganzen ist unvergänglich, sprach Onkel Roch zeichnend, die Körper sind es nicht!

Das war ganz am Anfang. Ich dachte noch nichts über die Welt, ich ließ sie durch mich durch und an mir herabrinnen. Karel hat zwei Nachttischlampen im Wechsel repariert im Alter von zwei Jahren, er schien, kaum daß er auf der Welt war, etwas an ihr verbessern zu wollen. Ich aber wollte sie bewundern.

Schau auf die Grundfläche: die ruhende Einheit! sprach Onkel

Roch. Er zog mit nadelfein gespitztem Stift ein Quadrat. Dann ließ er mit einem Strich darin zwei Dreiecke entstehen, sie waren zu sehen, und während ich sie lange und immer aufs neue anschaute, konnte ich sie fühlen: eine gespannte Dreieinigkeit. Das Gleichgewicht, das nicht ruht.

Manchmal komme ich aus der Stadt, lasse den Fahrstuhl außer acht und steige in die dritte Etage zu Madame Fleur, sie bewohnt die einzigen originalen Räume der Gründerzeit in diesem Haus. Hier stehen ihre Skulpturen, Objekte unterschiedlicher Höhe frei auf dem Parkett: Kunstwerke aus Stilettos.

Ich bewundere immer zuerst jene, die Fleur gerade trägt. Die Grundfläche der Absätze entspricht gewöhnlich der von je einer zertretenen Beere vom Knallerbsenstrauch. Fleur vertraut beiden ihr ganzes Gewicht an. Sie kehrt mit dem Teetablett und weichen nachdrücklichen Schritten zu mir zurück. Ihr Gang könnte ein schlingerndes Schiff auf Kurs bringen. Es sind die Schuhe ihres ganzen Lebens.
Anstatt Fotos, sagt Fleur.
Nach einer halben Stunde verabschiede ich mich immer.

Unten die Stadt machte die ganze Zeit einen unerschütterlichen Eindruck, die alten Fußsteige an manchen Stellen leicht schräg, die Granitplatten zum Rinnstein abfallend, die Gebäude stehen gerade, prächtig und respektgebietend da, sie bilden als Ganzes ein großes verzweigtes Stadtgebäude, ein steinernes, durchtunneltes Nest.

Dort habe ich im letzten Jahr an jedem Ersten des Monats mit Karel gesessen. Anfangs hatten wir nur beschlossen, uns unsere Stadt zu erhalten. Sie sollte uns angesichts der Weltmetropolen nicht verlorengehen. Es war der erste Erhaltungsbeschluß, ein bewußter Akt, wir beschlossen, ihm auch routinemäßig zu folgen, falls es die Umstände erfordern sollten.
Niemand kann sagen, wir hätten nichts getan.

Beim ersten Mal war es, vor dem Café Klein-Paris, als Karel meine eiskalte linke Hand auf seine stets warme zog, sofort seine andere warme darüber schichtete, ich türmte meine eiskalte rechte obenauf, und er hat uns mit seiner heißen Wange zugedeckt. So saßen wir noch lange am Cafétisch im Schneetreiben.

An Farbenpracht war Arcus nicht zu übertreffen, selbst nicht als Präparat. Er hängt in Schreckstarre in seinem Kasten unter Glas. Läßt ihn dieser Zustand so leuchten? Der lebende Arcus bleibt Spekulation. Wir sind einander nie lebend begegnet. Er starb aus, ohne daß ich davon erfuhr.

In meinem Metier ist die Natur kein Maßstab, mir stehen sämtliche denkbaren Formen zur Verfügung. Die Augen eines Falters zum Beispiel sind ungeeignet, im Betrachter etwas auszulösen, es fehlt ihnen das Entscheidende: Es sind keine Fenster zur Seele. Das Kind aber sucht ein Gegenüber, mit dem es sich verbinden kann. Deshalb habe ich Arcus II auf meinem Bildschirm die Augen von Berte gegeben.

Je später ich in diesem Jahr zu Bett ging, desto öfter tat ich es allein. Der moderne Mensch ist auf alles gefaßt. Es wird gern in Stellenanzeigen verwendet: auf alles gefaßt. Oder: Rechne jederzeit mit allem. Besser kann sich der optimale Mensch nicht darstellen. Die Erfolgsaussichten steigen sprunghaft an. Ich habe spätnachts, auch wenn ich allein war, immer noch einmal meinen Kopf aus dem Fenster ins Dunkle gehalten. Als wollte ich mich vergewissern, wo ich hingeraten bin. So als wäre es mir noch unbekannt; für einen Moment mit geschlossenen Augen kann das gelingen. Meistens machte ich dann noch einen langen und tiefen Atemzug spät in der Nacht. Für alle Fälle.

Anfangs sollte ich Uta werden. Uta wollte zur Frau werden, ich würde ihr folgen. Niemand hatte es bestimmt, aber ich habe es geahnt einmal pro Woche am Nachmittag. Dafür also war auch ich gedacht: ein gen Himmel wippender Rock voller blauer Punkte. Ich ahnte es, als Uta zur ersten Nachhilfestunde durchs Gartentor rauschte und ihr Petticoat am Zaun hängenblieb. Hatte Uta Schwierigkeiten in Geometrie? Ich bat Onkel Roch, mir die Geometrie zu erklären.

Muß man dazu lesen können?
Nein! Zur Geometrie reicht es, geboren zu sein.

Das war der Anfang. Niemand hatte versprochen, es würde leicht werden. Diese Feierlichkeit jeden Morgen! Onkel Roch öffnete die Tür auf der Empore über der in weitem Schwung heraufwendelnden Treppe. Tante Roch mit ihrem dunklen Haarknoten und der massivsilbernen Brosche auf dem obersten Blusenknopf trat mir lächelnd entgegen. Ich wurde zu unseren morgendlichen Exerzitien empfangen. Alles wies darauf hin, daß sich etwas Bedeutendes ereignen sollte. Allmorgendlich zwischen zehn und zwölf, während meine Mutter mit dem Rad irgendwohin unterwegs war, was jenseits der Grenzen des Gartens begann und aufhörte.
Das liegt fast ein halbes Jahrhundert zurück, ein Nichts mathematisch gesehen.

So lange schon kenne ich meine Mutter, sie war schon immer da. Woher nur ist sie gekommen: diese entschlossene junge Frau in weitem Rock, tellergroße Mohnblumen auf schwarzem Grund.

Karel und ich, wir sind einander durch Zufall auf der Straße begegnet. Ich: Herrlich blau der Himmel heute! Er: Ein Zerfallsphänomen des Lichtspektrums. Er hatte eine steile Falte auf der Stirn dabei. Als ich lachte, wurde sie tiefer und, ganz wie seine Nase, leicht asymmetrisch. Als ich sie berührte, verschwand sie sofort.

Mit jedem Jahr habe ich dem Zufall mehr Respekt entgegengebracht. Anfangs hielt ich ihn für ein vor sich hin schusselndes Kind, aber vermutlich sitzt er im Zentrum einer Muttergalaxie, wo er mit atemberaubender Genauigkeit und der wie beiläufig herunterhängenden linken Hand hier und da ein bißchen was umfiguriert.

Onkel Roch zog einen von sieben Stiften aus seinem Etui, er schien sie abzuwägen, noch ehe er sich für einen entschied, dann zeichnete er auf lachsrotem Millimeterpapier mit einem Winkelmesser aus Bakelit die Grundfläche des Weltgebäudes: das Quadrat.

Wieder sah ich es mir lange an, um schließlich zu bitten: nochmal! Onkel Roch zeichnete mit seiner langen geäderten Hand sorgfältig vier kleinere Quadrate in das größere Quadrat hinein. Mein Kinn sank auf die Tischkante, ich bat ihn: nochmal! Und Onkel Roch zeichnete in jedes der vier kleinen Quadrate vier noch kleinere Quadrate, ich bat: nochmal! Und Onkel Roch hat in sechzehn der winzig kleinen Quadrate vierundsechzig gezeichnet, und ich bat, in Trance gefallen: nochmal! Onkel Roch schaute in meine weiten Pupillen und sprach: Und so unendlich weiter!

Dann setzte er der Grundfläche Wände auf und bot mir einen Würfel in perspektivischer Sicht. Dann setzte er dem Würfel vier Dreiecke auf, ließ sie oben zu einem Dach zusammenklappen und zog seine Hand vom Papier zurück.
Dies sind die Regeln, um die Natur zu erforschen, sprach Onkel Roch, und alles zu wissen, was existiert, jedes Rätsel, jedes Geheimnis.

Ich sah eine ganze Weile auf die Figur, dann wanderten meine Augen langsam hinauf in sein Gesicht zwischen dem hohen Kragen und dem weißen Bürstenhaarschnitt. Er erwiderte freundlich meinen Blick, der nun immer aufs neue nachdenklich zwischen dem Blatt, seinen Augen und den Wänden des Zimmers umhertastete. Irgendwann müssen wir ja mit dem Denken angefangen haben.

Dieses Jahr ging es schlechter und schlechter mit mir, ich hatte das Kopfrechnen daraufhin kurzerhand aufgegeben, es behinderte mich, ich brauche meine Hirnareale für anderes. Über die Kapazität des Gehirns wird viel spekuliert. Wenn ich an mein Hirn denke, fühle ich nichts. Wenn ich an mein Herz denke, macht es einen kleinen Flügelschlag.

Den Nachbarn hatte ich noch nicht gesehen, dabei wohnte er schon fast ein Jahr nebenan. Ich beeilte mich nicht mehr mit dem Kennenlernen; die Nachbarn wechseln zu häufig. Es reicht, eine bewohnte Nähe zu spüren. Es reicht ein Jemand, der noch zu nichts Anlaß gibt. Es reichen Zeichen einer Tagesroutine, eines Stoffwechsels. Der Unbekannte wollte bald mit Nachdruck auf etwas hinaus, und dies täglich bei Tagesanbruch. Dazu mußte offenbar niemand seiner ansichtig werden. Es wurden Wasserflaschen gebracht und an der Tür abgestellt, leere Behältnisse warteten manchmal, außerhalb der Wohnung abgeholt zu werden. Am Abend herrschte Stille.

Allein im Bett, stellte ich mir dann noch ein bißchen das Leben vor. Das Leben überhaupt und das mit Karel. Ich lasse meinen Kopf in die Kissen fallen. Es ist zu lebendig für Abmachungen. Wir haben es täglich aufs neue gesucht, von einem Tag in den nächsten hinein, und nachts haben wir es gefunden. Es stellte sich heraus, daß es keinen Namen gibt für eine Figur im Herzen, die sich bewegt wie ein Schwarm von Fischen im Gegenlicht der Sonne.

Beim Küssen sehe ich unter meinen Lidern sein schönes verschlossenes Gesicht. Wenn ich sie öffne, ist es außerhalb von mir noch einmal da. Dahinter das ganze Sein. Alles zusammengenommen, kann es sich nur um das Einssein handeln. Dieses kommt als Begriff in der niederen Mathematik nicht vor, was der Grund gewesen sein mag, daß mich das Kopfrechnen so wenig befriedigt hat. Die Eins ist heimtückisch, auch wenn sie hundertmal die Nummer eins darstellt. Die Nummer eins ist

der Anfang vom Ende. Vom Einssein dagegen war nie die Rede, solange ich rechnen kann. Es wurde nicht gelehrt.
Daran dachte ich, wenn ich mir nachts die Paßgenauigkeit der Liebe in einer hocheffizienten Welt zu errechnen versuchte, die Füße um die Wärmflasche geklammert.

Onkel Roch hatte einst die Mathematikaufgaben von Uta kontrolliert, zwei Fehler bemerkt und daraufhin mit äußerst diskretem, liebeswürdigem Lächeln den Winkelmesser aus seinem feinen Etui gezogen, woraufhin Uta kurzerhand mit ihren Ballerinas die Wendeltreppe abwärts geschlittert war und im Rosengarten eine nicht enden wollende Pirouette mit zurückgeworfenem Kopf dargeboten hatte. Alle Punkte flogen auf und in die Breite und rasten um die von einem Messingreif umschlossene Brigitte-Bardot-Taille von Uta.
So wurde das Universum geboren.

Wie es wirklich gewesen ist, weiß keiner. Es mangelt an Zeugen; man ist auf Berechnungen angewiesen. Wo das Anschauen aufhört, beginnt das Vorstellen, und am Ende des Vorstellens beginnt die Mathematik. Zuerst mit dem Kopfrechnen, was keine Welt eröffnet, in die sich hineinsehnt, wer kürzlich erst geboren wurde. Im Gegensatz zu den sich auf Millimetergrund unter Onkel Rochs Stift auffächernden Flächen und Räumen, dem Würfel, der Kugel, der Fibonaccispirale und den ins Unendliche reichenden Spiegelungen in den Strukturen der

Welt, sie riefen beim Betrachten in mir einen höchst seltsamen Zustand hervor: als ob sich der eigene rosige Körperinnenraum auffaltete und in Zeitraffer aufwuchs zu einer vollkommen harmonischen Figur.

Wenn ich vor den Schuhen von Madame Fleur sitze, schaue ich nur hin. Manchmal sprechen wir eine halbe Stunde lang nichts. Ich überlege, wie sich ein einzelnes Leben entwickelt; vielleicht gibt es Gesetze. Sollte man sie kennen? Kann man sie sehen? Ich weiß, daß Fleur ein bewegtes Leben hatte.
Es reicht, daß ich es fühle: Es ist geglückt.

Nein! Ich wollte nicht Uta werden. Ich wollte weder Uta werden noch meine Mutter, noch Tante Roch. Ich wollte auch keine Prinzessin werden, die nach hundert Jahren einen Apfel erbricht. Ich wollte die Welt werden, das All, der Traum, das Unendliche, ohne es vorher verstehen zu müssen. Und eines Nachts plötzlich wollte ich d'Artagnan werden, der mit der Spitze seines Degens Mylady das Spitzenhemd von der Schulter wischt, und Mylady bin ich.

Wo bist du? habe ich Karel im Dunkeln gefragt und im Liegen. Bei nackter Nähe vergesse ich ganz besonders schnell. Immer dann, nachdem wir einander so innig geküßt haben, daß ich mich für eine Weile in die verwandle, als die ich gedacht bin. Ich kann das Weltall lachen hören. Es freut sich jedesmal, wenn es mich so sieht. Es hat sich doch mit jedem von uns so viel Mühe gegeben. Und immer wieder entweicht einem der Mut durch undichte Stellen. Wenn ich mich mit Karel lange und innig geküßt habe, bin ich für Stunden ein freier Mensch. Als sollten wir erinnert werden: So ist der Mensch gedacht. Freiheit und Gewißheit erfüllen mich derart, daß ich Karel auf der Stelle verlassen könnte. Er ist überall. Dort bin auch ich.

Es läßt sich vieles denken, die Erde als Scheibe oder das Ganze als ein in den endlosen Raum geworfenes Hologramm, wenn das eine wie das andere nicht einen Haken hätte: Karel und ich müssen darin leben.

Vielleicht waren wir nicht sonderlich gut vorbereitet. Das Kopfrechnen hatte ich schon aufgegeben; es ist immerhin ein Anfang. Es kann nicht sein, daß das Glück von einer Grundschuldisziplin abhängt; wir dürfen das getrost den Geräten überlassen. Mit einem Schlag, wenn das Kopfrechnen ausgeschaltet ist, fällt Licht in ein riesiges leeres Areal. Hat jemand davon gewußt? Der feierlich gekleidete Mathematiklehrer? Die Neurobiologie hat es kürzlich herausgefunden: Der Mensch beherbergt eine gewaltige Kapazität, die nicht zugeschaltet ist. Der Mensch ist nicht vollendet! Er lebt auf einer Vorstufe seiner Bestimmung dahin. Bereits Jahrzehnte vor der Entdeckung der unausgelasteten Doppelhelix in unseren Zellen war es vermutet worden: Wir nutzen nur einen verschwindend kleinen Teil unseres Hirns!

Damals, als meine Mutter jeden Vormittag mit dem Rad unterwegs war, muß sie es schon geahnt haben. Sie ist den Berg heruntergefahren, hat den Kappelbach überquert, und nach ein paar Metern wußte sie nicht weiter. Sie mußte für Nahrung sorgen. Dieser Ernstfall trat allmorgendlich ein. Meine Mutter, ein Mädchen vom Land, wußte, daß die Erde alle ernähren kann. Die Erde ist von Natur aus vollkommen, jeder kann satt werden. Diese Stadt, wie sie da lag, machte offensichtlich eine Ausnahme. Sie konnte niemanden ernähren. Meine Mutter hätte aus Steinen Brot backen müssen. Sie ahnte, auch das wird irgendwann möglich sein. Sie traute der Natur alles zu.
In der Zukunft, bei Menschen, die für später gedacht sind. Wenn man alles besser weiß.

Im Laufe dieses Jahres ist meine Mutter immer jünger geworden. Wenn ich neben ihr gehe, starren sie die Männer an. Ich kann sie nicht überzeugen. Sie lacht mich aus, schallend. Eine aus Übermut verpaßte Ohrfeige.

Unser elfenbeinfarbenes Haus hielt sich gerade, die Flugschneise der Postflugzeuge am Horizont war höher gerutscht. Wahrscheinlich wurde weniger geschrieben, Briefe von geringerem Gewicht, es ließen sich dadurch größere Höhen erreichen. Elmar aus der unteren WG öffnete in kurzen Abständen die Fenster, um seinen Gerätepark zu kühlen, er imitierte gerne die Geräusche seiner Drucker und Kopierer und berauschte sich an ihren Ausdünstungen. Er hielt ein ganzes Vervielfältigungsgetriebe am Laufen, als arbeitete er daran, sämtliche Druck- und Kopieraufträge aus dem Haus und, in einem zukünftigen Schritt, aus der ganzen Stadt bei sich zusammenzuführen. Vorläufig produzierte er Probedrucke, imitierte die Gerätestimmen einzeln und rappte sie, unterbrochen von einem synkopischen *wohindamitwohindamit*, aus dem Fenster über die Stadt.

Einmal trat ich in die Diele von Madame Fleur und hatte den vierflügeligen Kleiderschrank zufällig weit geöffnet gefunden. Es verschlug mir die Sprache; gleich nachts darauf erschien er mir im Traum. In der darauffolgenden Woche wünschte ich es mir nochmal, drei Wochen später nochmal. Doch jedesmal sollte ich mich mit dem kurzen Anblick begnügen, während ich längst träumte, wie mir aus dem Schrank sämtliche Gewänder Südamerikas und Afrikas entgegenquollen, und ich bereits hoffte, Fleur möge sie mir fortan einzeln vorführen, worüber dieses Jahr vielleicht vergangen und das Nachdenken in einer Farbenflut untergegangen wäre. Stattdessen führte sie mich beim nächsten Mal selbst vor den weit geöffneten Schrank, und er war leer.

Als Karel sich auf das Silizium zu konzentrieren begann, war meine Neugier längst erwacht. Silizium glitzert, Ordnungszahl 14. Es befindet sich auf der Periodentafel direkt unter dem

Kohlenstoff, es reiht sich zu endlos vielen Mustern und geht Verbindungen mit fast allem ein, es ist sehr lebendig. Der Erdmantel besteht zu einem Viertel aus Silizium, und der Kern der modernen Gerätewelt ebenfalls. Seit dreißig Jahren. Viel länger als Karl und ich uns küssen. Manchmal küßten wir uns mit angehaltenem Atem, wie auf der Suche nach einem seltenen unterirdischen Hohlraum, der im Augenblick seiner Entdeckung erst entsteht. In den Zwischenräumen erzählte er mir vom Silizium. Sein Aggregatzustand ist fest, es besitzt Diamantstruktur. Seine Kristallformen durchziehen die Erde und vereinen sich mit allem, was in ihre Nähe kommt, es existieren pulsierende Siliziumschwämme tief im Meer.
Ich bin in Trance gefallen, im Liegen.

Im letzten Jahr begannen sich die Gipfeltreffen zu häufen. Die Welt suchte dringend nach einer Vorstellung ihrer selbst.

> Der erste Gipfel ermittelte sämtliche Punkte des Erdballs, auf denen mehr als eine Million Menschen leben, es waren 436. Jeden Monat wurden es vier Punkte mehr. Ebenso jenen Punkt mit der größten Menschenversammlung auf dem Planeten: Allahabad, ein verschütteter Tropfen aus dem gequirlten Milchozean, in den an den Hauptbadetagen 90 Millionen Menschen tauchen, um sich mit dem Nektar der Unsterblichkeit zu benetzen. Das Netz der Verbin-

dungen all dieser Punkte wurde neu kartographiert: das ebenerdige, unterirdische und überirdische Netz sowie die Arten der Fahrzeuge zu Wasser, zu Lande und in der Luft. Ein Antrag der Inder, auch die Gottheiten Shiva, Vishnu, Shakti, Muruga und Ganesh, die bereits in den Veden als Fahrzeuge geführt werden, in dieses Netz aufzunehmen, wurde einstweilen zurückgestellt, da niemand den Zuwachs an Verkehrsaufkommen berechnen konnte, mit Rücksicht auf die Wirtschaftsmacht dieses aufstrebenden Kontinents aber nicht verworfen.

Während meine Mutter jünger und jünger wurde und verrückt nach Zukunft, war ich es, die anfing, sie an die Vergangenheit zu erinnern: Straßgräbchen! Sie kam dort in den Zwanzigern zur Welt. Na wenn schon, sagt meine Mutter, ein Nest. Aber jeden Morgen ein noch warmes Ei in der hohlen Hand!

Seit zehn Jahren indes arbeitete Karel an größeren Projekten von elektronischen Sensormodulen, deren Speicherdichte rasant zunahm, während sich ihre Gestalt ebenso rasant verkleinerte, sich dann plötzlich auf ein Format verdichtete, das, wenngleich physisch noch vorhanden, so doch weder sichtbar noch greifbar schien. Karel war plötzlich, von einem Tag auf den anderen, überzeugt, daß wir alle den nächsten Schritt erleben werden. Er wollte ihn tun: die Überwindung der Materie zugunsten der reinen Information.

Was denkbar sei, sei auch möglich, erklärte Karel, sonst wäre es nicht denkbar. Damit veränderte sich unser Leben.

Ein Ei täglich im Nest, hat uns meine Mutter beizeiten versichert, damit lassen sich Kriege überstehen.

Es war der Punkt, den Onkel Roch mit seinem gespitzten Bleistift in einen Quadratmillimeter einsetzte. Er zog seine Hand vom Papier zurück, und ich betrachtete die kleinste vorstellbare Größe, eingegittert in ein lachsfarbenes Quadrat wie ein winziges Lebewesen, eine Maus, die stillhielt, solange ich sie anschaute, und davonsprang, wenn ich wegsah. Der Dauer nach zu urteilen, die ich auf das Betrachten verwandte, muß ich etwas gedacht haben, und der Geschwindigkeit nach zu urteilen, mit der sich in diesem Alter das Neuronenwachstum vollzieht, es wuchert geradezu, muß das eine Art Denken gewesen sein, von der ich heute nur träumen kann. Ich habe die Mausefalle gesehen! Ohne ein Wort dafür zu kennen. Ich muß im Alter von drei Jahren noch das Denken ohne Worte beherrscht haben, und Onkel Roch war der einzige, der es gewußt hat.

Ich habe Karel immer alles zugetraut. Die Überwindung der Materie war noch das Geringste.

Ich habe jedesmal seine Hand gefühlt, kurz bevor sie nach

meiner griff. Wenn er mir etwas sagen wollte, spürte ich es an seinem Atem, der einen kurzen Anlauf nahm. Weil es nur bei Sätzen geschah, die er nur einmal für immer sagen würde, hielt auch ich meinen Atem an.

Ich habe auch versucht, über Karel und mich nachzudenken. Es ist, als ob sich jemand Drittes einmischt, der sich in der Tür geirrt hat.

Zwischendurch legte ich manchmal das Ohr an die Wand, wenn sie erbebte, bin ich weggesprungen. Es hat mich durchgeschüttelt; ich konnte danach mit dem Nachdenken sofort aufhören. Es reichte die bewohnte Nähe. Eine Art warm bewohnte Unendlichkeit umgibt einen, solange man glücklich ist.

Arcus hing erschrocken in seinem Kasten an der Wand; seine Augen hörten nicht auf, mich zu enttäuschen. Ein völlig unbefriedigendes Formangebot der Natur. Mitten am Tag, wenn ich vorbeiging, empfand ich dieses Defizit an Lebendigkeit, das in unbegreiflichem Widerspruch zu seiner Farbenpracht stand. Ich hatte nie darüber nachgedacht, daß es sich um tote Augen handelt. Arcus wurde umgebracht. Seinen Augen sieht man das als Mensch nicht an. Er hängt da und füllt diese Wohnung unter dem Dach mit seinem unerhörten golddurchstäubten Blau, einem Blau, das das Herz rasend macht vor Zuversicht.

Das Fliegen als Fortbewegungsart ergab sich. Am Bildschirm hatte ich von einer unbekannten Population von Arcus erfahren, sie war erst kürzlich entdeckt worden, im Süden Indiens. Es hieß, sie wiche in einem Detail von der erloschenen Art ab, vielleicht jenem winzigen Detail, das ihr Überleben sichern soll. Es werden ja immerzu neue Arten gefunden, nicht selten an der Schwelle zum Aussterben. Mein Fach ist nicht die Biologie; ich kann auf sie verzichten. Vielleicht hänge ich noch an ihr wie an einer Kindheitserinnerung.

In Wahrheit habe ich, als ich Mitte des Jahres von der Entdekkung erfuhr, nur Blau gesehen; ich konnte kaum noch eins und zwei zusammenzählen.

Onkel Roch hatte einst mit dem Zirkel einen Kreis geschlagen, der Winter stand vor der Tür. Er hat in perspektivischer Sicht daraus ein Rad erschaffen, und dann schnitt ich den Reifen aus Pappe aus. Meine Mutter brachte Rindertalg mit dem Fahrrad nach Hause, Tante Roch hat ihn mit Sonnenblumenkernen zu einer stinkenden Masse gekocht, und Onkel Roch hat diese, die Linke auf dem Rücken, mit ruhiger rechter Hand in sechs kleine Ringformen hineingeträufelt, seine goldene Uhrkette zitterte vor meinen Augen.

Indien? hatte der Taxifahrer gefragt.
Er kannte Kenia, Singapur, Thailand, Ägypten.

Gut, hatte ich gesagt, nehmen Sie den Weg über die Dörfer.
Es sei der längere, meinte er.
Das macht nichts!
Teurer sei er auch.
Meinetwegen.
Ich mach', was Sie wollen.
Ich wollte nicht, daß wir uns in zwanzig Minuten die Welt um die Ohren schlagen. Ich hatte ihn auf Hühner am Stadtrand aufmerksam gemacht. Die Hühner waren weniger geworden. Einst, als ein einzelnes Huhn noch überlebensnotwendig war, hatte ich sie fliegen sehen. Man ging in Deckung, wenn eins anflog. Es konnte jeden Moment ein Huhn in Straßgräbchen auf einen niedersausen und knapp neben einem einschlagen.
In Indien war er noch nie, überlegte der Taxifahrer.
Er schien nachzudenken, wann er es einmal reinschieben könnte.
Sie?
Ich habe den Kopf geschüttelt.
Haben Sie was gelesen?
Nein, ich kenne einen Inder.
Okay, sagte der Taxifahrer.

Ich dachte an meinen Inder. Onkel Roch hatte ihn mir gezeigt. Als die Hühner noch über mich wegfliegen konnten, schlug Onkel Roch an einem Wintertag ein Bilderbuch auf, und ich erblickte ihn: er trug einen goldenen Turban.

Dann wurde Karel nach Amerika beordert; er ist groß, läuft regelmäßig, er äußert keine überflüssigen Bedenken, man mochte ihn dort auf Anhieb. Und für uns fing das Fliegen an.

Fleur hatte es gerade aufgegeben, sie hatte die Garderobe eines Diplomatenlebens verkauft und den Erlös einer Krankenstation in Malawi geschickt. Fünf Jahre wollte sie nun wieder in diesem Haus wohnen, maximal fünf Jahre, das sei ihr Rhythmus geworden, mehr Zeit habe sie berufsbedingt nie gehabt, um ein Land kennenzulernen.
Aber damit fangt ihr gerade erst an, beschwichtigte mich Fleur.
Ich hatte noch keine Ahnung, wovon sie sprach.
Vor dreißig Jahren sei sie in São Paulo auf der Suche nach der Botschaft auf einem Markt für verlorene oder weggeworfene Schuhe angekommen. Sie sei eben gerne zu Fuß, da passiert sowas laufend. Am Anfang verläufst du dich erstmal lange. Verlauf dich nach Herzenslust! Fünf Jahre lang. Nichts geht jemals verloren, Zeit schon gar nicht.

Ich stellte mir Fleur als fünfjähriges Mädchen vor, in kleinen Schnallenschuhen, wie sie, brennend vor Wißbegier, dieses Haus bis unters Dach erklimmt. Ganz hinauf habe sie früh gewollt.
Bleib im Keller! hat ihre Mutter durch das brennende Haus geschrien.

Fleur spazierte sinnierend unter ihren kapriziösen Weltläufigen herum. Dann schlug sie vor: Nun wollen wir uns die Reisenden noch ein bißchen anschauen. Laß sie uns bewundern! Davon werden sie ruhiger.
Aber sie stehen doch das ganze Jahr nur da, wunderte ich mich.
Nein nein, sie gehen noch, ich glaube, sie gehen noch im Traum. Wer so viel erlebt hat, ist noch lange unterwegs, deshalb wird hier auch immer mal das Arrangement gewechselt. Es hilft sehr, sich etwas aufzubauen, so ein kleines Theater wie dieses, dort kann es sich dann austoben, und man hat es immer im Blick.
Was denn?
Das Innenleben, lächelte Fleur.
Ich wußte noch gar nicht, wovon die Rede war. Das Außenleben nahm mich gerade ganz in Besitz.

Vier Wochen später war Karel bereits weiter an die Westküste gewechselt, sechs Stunden Flugverlängerung, nicht der Rede wert. Ich bin bei dir, klickerte er mir, kaum daß er gelandet war. Waldbrände zingelten seit Tagen Los Angeles ein.

Ich erinnere mich an eine jähe Ausdehnung. So wie auf dem Bildschirm mit einem Klick, schnellte für uns plötzlich die verfügbare Welt auseinander. Das Weltall hat dazu angeblich 13,7 Milliarden Jahre gebraucht.

Dieses Jahr verging so im Flug, ich habe mich dort oben eingerichtet, man spürt nichts, als ginge kein Wind, als hielten alle den Atem an, inzwischen verfliegt die Zeit.

In gewissem Sinne geschieht bei hohen Geschwindigkeiten nichts, es ist nur, als liefe die Zeit nicht weiter. Sie kommt zum Stillstand und kehrt sich um. Der Körper weiß es zuerst; er führt sich auf wie ein Kind. Der Körper flattert, da hilft nicht das millionenfach wiederholte Experiment des Fliegens. Im Körper nistet ein feines Mißtrauen gegen die Erfindung; er läßt es einen fühlen. Gemessen hat man es nicht; die Sensormodule sind zu Tausenden in Fahrzeugen eingebaut, also auch in Flugzeugen, wo sie für ein Funktionsgleichgewicht sorgen. Das Funktionsgleichgewicht weiß nichts. Es wird von Meßdaten hergestellt und aufrechterhalten. Es spricht mit sich selbst und hält sich selbst zusammen. Das ist es, was Karel so fesselt: Es weiß nichts vom flatternden Körper.

Der Nachbar blieb weiter unsichtbar. Als habe er seine Anwesenheit mit der Bebenstärke, in die er das Haus versetzte, hinreichend belegt. Das Stoßen und Klirren war über Wochen mehr, als ein Anblick hätte sein können, so nachdrücklich liefen seine Druckwellen durch die Mauern des Gebäudes. Zuletzt bekam ich jedesmal Schluckauf; er synchronisierte sich mit den Stößen nach wenigen Minuten.

Dem zweiten Weltgipfel dieses Jahres waren beunruhigende Messungen vorausgegangen. Die schnell wachsende, aufrecht gehende menschliche Population schien eine Bremswirkung auf die Geschwindigkeit der Erde im Weltraum auszuüben. Die ursprünglichen 31,5 Kilometer pro Sekunde waren nicht zu halten. In einer Gruppe aus Extrembiologen und Grenzanthropologen wurde diejenige Neigungsfähigkeit des Menschen zur Erdoberfläche ermittelt, die er dauerhaft einnehmen muß, um für einen geringeren Widerstand zu sorgen. Es galt, nicht ins Hintertreffen zu geraten. Der Mensch, mit einem freien Willen ausgestattet, der sich vor 2 Millionen Jahren aufrichten konnte, wird sich abrichten können.

Unsere Liebe veränderte sich lange nicht. Sie nahm eine streng unverwandte Haltung ein und ignorierte alles, was ihr widersprach. Wenn wochenlang niemand in der Wohnung war und dann die Tür aufsprang, führte sie sich auf wie ein Tierchen, das das Haus gehütet hat. Wir schalteten die Geräte aus und waren wieder zu dritt.

Er flog aus dem Schneenebel vor der Fensterscheibe heraus, er erschien aus dem dichten weißen Nichts, und seine zwirnfeinen Füße umklammerten den Meisenring. Onkel Roch berührte mich am Arm. Ich hob erst die Augenlider und dann langsam meinen Kopf. Der Vogel schaukelte im Schneenebel und blickte ins Zimmer. Vorsichtig, als säße der Vogel darauf, hob ich meinen Blick zurück auf mein Blatt, dann links hinauf in Onkel Rochs weißen Bart und dann nach rechts hinab auf den pflaumengroßen Amethyst an Tante Rochs Ringfinger. Dort ist er in einer bodenlosen funkelnden Klarheit verschwunden.

In einem Jahr habe ich mir fliegend ertrotzt, was die uns zugedachte Natur nicht hergibt. Man wechselt nur das Fahrzeug und verkleinert den Erdball mit einem Klick ins Überschaubare. Der Raum fällt als erstes der Zeit zum Opfer, Entfernungen werden als Zeiteinheiten gefühlt, der flatternde Körper hat den bebauten Raum unter sich überwunden, die investierte Zeit schwindet anfangs im Gefühl des Spektakulären, halbiert sich in der Businessklasse, und im Bewußtsein der Trendmacher als Menschenschlag verfliegt sich die andere Hälfte. Was bleibt, ist gleich null. Die Zeit zerfällt um so schneller, je genauer die Berechnung. Dem Kopfrechnen hatte sie noch spielend standgehalten.

Ich habe es Karel irgendwann unter sein feines, spitz zulaufendes Ohrläppchen geflüstert und dabei seine Handgelenke umschlossen: Auch ganz ohne Zeit will etwas festgehalten werden, irgendwie.

Wir wollten darüber nachdenken, sobald die ganze Aufregung verflogen war.

Wir haben noch jede freie Minute mit Küssen verbracht. Das Küssen ist ja keine Sache der Zahl. Das Küssen dient dem Vergessen.

Ich habe ihm die Nummer eins immer zugetraut: die freie unpolarisierte Energie. Sie ist zu allem fähig. Man folgt ihr hingerissen.

Der nächste Weltgipfel setzte sich mit dem Wachstum auseinander. Man hatte ihm eine Vorladung geschickt, es war erschienen. Es sah nicht besonders gut aus, wie ein von Geiltrieben entstellter Salatkopf am Ende des Sommers.
Wie sehen Sie denn aus! lautete die erste Frage.
Und Sie! versetzte das Wachstum, nehmen Sie erstmal diese ulkigen Perücken ab, ich stehe doch hier nicht vor Gericht!
Die Staatsoberhäupter entblößten sich zögernd. Sie machten einen völlig verunsicherten Eindruck. Das Wachstum legte nach: Wissen Sie überhaupt noch, wie ich aussah, bevor Sie mich mit Anabolika vollgepumpt haben? Ich war die Schönheit selbst, vibrierend von goldenen Verhältnissen! Falls hier überhaupt

noch jemand versteht, wovon ich rede: Ich bin die Manifestation des Goldenen Schnitts in allen meinen Teilen. Ich bin die Liebe und das Leben.
Dieser Gipfel endete mit einer Videobotschaft an die Erdbevölkerung, in der dem Wachstum Gelegenheit gegeben wurde, per Powerpointpräsentation seine wahre Natur aller Welt in Erinnerung zu rufen.

Immer öfter stellte ich fest, es vermehrten sich Orte und Menschen rasant, seitdem ich mich großflächig bewegte. Hielt ich inne, so lief die Liste der Menschen auf dem Monitor weiter. Ich habe ihrer viele in diesem Jahr dazubekommen, es kommt vom Fliegen. Sie vermehren sich schneller, als ich sie vergessen kann, sie vergessen auch mich in vorhersagbaren Verfallszeiten. Wir begegnen und vergessen einander in einem sanften flutenden Rhythmus. Noch hatte es meistens leiblich begonnen und hielt sich im Verfallszeitraum, allmählich verblassend, wie eine Flugzeugspur am Himmel.

Aus Straßgräbchen wünschte ich mir plötzlich einen Brief. Von meiner Mutter. Einen ungeöffneten Brief aus den dreißiger Jahren. An mich.

Bald danach hat es mich nach einem Huhn verlangt.

Einst, also im vorigen Jahrhundert, begann es immer leiblich und blieb leiblich. Ich erinnere mich: die kleinen Körper der Briefe und die der größeren Postsendungen. Ich stamme aus dem letzten Jahrhundert, ich bin handgreiflich erzogen, ich ersehne die leibliche Anwesenheit, ich erleide ihr Gegenteil, ich erröte leicht. Es ist eine uralte Sprache, und mein ganzer Körper spricht sie weiter in einem fort.

Stop! rappt Elmar aus der unteren WG durchs geöffnete Fenster und bringt seinen gesamten Hardwarepark zum Stehen. *Wohindamit?*

Das Silizium ist ein besonderer Fall, flüsterte Karel dann noch nachts und im Liegen. Es scheint etwas zu wissen. Man kann ihm was einreden. Es hat das Zeug zu dem Stoff, der alle anderen überflüssig macht. Die Zukunft kommt ohne Hardware aus, die zerfällt und vergisst. Der Wind ebnet irgendwann die älteste Runenschrift ein, deine Festplatte überlebt dich nicht, nur die atomare Matrix ist von Dauer.

Ich habe manchmal nicht verstanden, worauf er hinauswollte; er hat so eine warme Stimme, wenn er begeistert ist.

Nimm alles, was dir zufließt: Druck, Feuchtigkeit, Temperatur, Abstand, Position, Drehrate, einfach alles Meßbare in einen Algorithmus, plaziere ihn gezielt ins Gesamtsystem, dann hast du sie!

Wen? erkundigte ich mich abwesend, er hatte so glatte Flanken.
Die Weltformel, flüsterte Karel.
Für was?
Gegen was! korrigierte er mich.
Gegen was?
Worst-Case-Szenario Nr. 1 A!
Und gegen was?
Gegen alles.

Dann habe ich die Stimme des Nachbarn gehört. Er hat geschrien. Einmal. Ich überlegte, was zu tun sei. Dann habe ich auf ein zweites Mal gewartet.

Sprich deutlicher, Liebster! Und mehr! habe ich Karel beschworen.
Von was? hat er gefragt.
Vom Lieben, habe ich geantwortet.
Zu was? hat er wissen wollen.

Ich wußte es auch nicht. Es war kein Wunsch, eher ein Hunger. Ich wollte gefüttert werden. Es mußte wieder für lange reichen. Gemessen am Lieben oder was da innerhalb eines einzigen Tages unsere Zellen durchzieht, dieser Schwarm kleinster Meereswesen im Gegenlicht, der sich ruhig stellt, um plötzlich blitzschnell die Richtung zu wechseln, gemessen am Lieben ist alles nichts, nichts Gegenständliches bringt ein Gewicht auf die Waage, nichts Greifbares oder Begriffenes, was gehoben werden könnte, gerissen oder gestemmt.

Liebster! rief ich des öfteren beim Kofferpacken aus dem Schlafzimmer oder beim Abfüllen der erlaubten 100 Milliliter Flüssigkeit für das Kabinengepäck: Liebe muß leicht sein, gemessen an der Lebensanstrengung überhaupt!

Ich kann nichts Genaues sagen. Ich habe spät nach Mitternacht immer noch einmal meinen Kopf aus dem Fenster gehalten. Zusammengerechnet ergab alles ein sehr erfolgreiches Leben. Es unterschied sich nicht wesentlich von anderen dieser Art. Jemand muß es zusammenhalten.

Madame Fleur brauchte keinen Halt; sie stand ganz oben auf einem Flechtwerk aus Sommerspinnfäden, statisch war das nicht erklärbar, ich wollte sie unbedingt darauf gehen sehen.
Tanzen! korrigierte sie mich, jede natürliche Bewegung ist auf Tanz aus. Kerzengrade vor ist nichts weiter als eine erotische Provokation, um den Tanz zu entfesseln.
Fleur gab eine flüchtige Kostprobe aus ihren fünf portugiesischen Botschafterjahren.
Eine Sonderanfertigung? fragte ich ungläubig.
Beide standen an der Felsküste über dem Atlantik, in vierzig Metern Höhe, antwortete Fleur mit einem Anflug von Stolz.

Sie wollten die Erfahrung von Ebbe und Flut haben. Sie fehlte ihnen noch.
Ich mußte eine Weile nachdenken.
Haben sie alle diese Erfahrung?
Alle, antwortete Fleur, es wäre viel zu gefährlich ohne. Ich könnte sie nicht auf die Straße lassen. Sie würden ja bei jeder Kleinigkeit ins Straucheln geraten. So aber wissen sie, was vor ihnen liegt: immerwährender Wechsel. Sie werden ihn wiedererkennen, lebenslang. Sie erinnern sich an den Rhythmus der Gezeiten. Das macht sie so sicher. Es kann ihnen nichts passieren.
Ich wartete noch eine halbe Stunde, ohne zu wissen, worauf.

Dann fingen Bertes Augen an, mich aus dem Bildschirm heraus zu fixieren. Ich war beunruhigt. Die Artenvielfalt der Ideen ist grenzenlos und unterliegt keinem Gesetz. Arcus II war ein Ausbund an Phantasie, ich war mit der Arbeit im Verzug; er konnte noch nicht fliegen. Es schien, als befürchtete er etwas. Vielleicht, daß ich den Raum ganz plötzlich verlassen und ihn in seinem Zustand, unvollendet, zurücklassen könnte. Was würde aus ihm?

Zwischendurch habe ich immer wieder bei Fleur gesessen, sie trug gelegentlich auch einmal zwei verschiedene Schuhe, sie trennte Paare und führte eine gewagte Kombination für ein paar Stunden spazieren. Jedesmal war ich erstaunt, daß noch niemand auf diese Idee gekommen war. Es verkauft sich nicht, vermutete Fleur. Nicht bei den Ärmsten habe sie es jemals gesehen: ein ungleiches Paar.

Am Ersten in der Stadt erzählte mir Karel von den Bränden in Kalifornien. Die Brände kommen immer wieder, sie seien schon nichts Besonderes mehr. Manche werden gelegt, manche entzünden sich selbst. Man könne sie weithin erkennen, sogar vom Mond aus.
Ich wunderte mich nicht, daß er den Mond ins Spiel brachte. Er wollte auch den Marathon laufen.
Der Mond sei dort sehr wichtig, kein anderes Land habe schließlich irgend etwas vom Mond aus gesehen. Wer auf dem Mond gewesen sei, für den gebe es auf der Erde keine Ziele mehr, das seien die Worte eines Amerikaners, der oben gewesen ist, sagte Karel.
In mir stockte etwas; ich war nicht darauf vorbereitet, wie weit er gehen würde.
Überhaupt halten sie sich für die glücklichsten Menschen der Welt.
Ich schob meine Hände tief in seine Mantelärmel und wollte gelassen erscheinen.
Warum denn das?
Sie haben beschlossen, es zu sein, sagte Karel.
Und dann wurden sie es?
Ja, sagte Karel, sie wurden es einfach.

Der nächste Weltgipfel handelte vom Wetter. Ein Eisblock schwamm vor Australien im Meer, groß wie eine Millionenstadt. Man beriet, was mit dem Eisblock geschehen sollte. Man hätte ihn in einem Netz gefangennehmen und an Land bringen können, um den Ertrag unter der Bevölkerung des Kontinents aufzuteilen, so daß jeder von dem Fang profitierte. Dem eingebrachten Antrag wurde jedoch mehrheitlich entgegengehalten, das abgesplitterte antarktische Eis sei Eigentum der Weltbevölkerung. So blieb es ein seltsames Gefühl für die Australier, bei jedem Strandspaziergang einen Eisblock von der Größe einer Millionenstadt vor der Küste treiben zu sehen. Mal machte er einen verlorenen Eindruck, am nächsten Tag aber plötzlich einen noch unentschiedenen, als habe er Mut gefaßt und mache Pläne. Kurzzeitig schien er vor Anstrengung zu glühen. Nur wer nachts nochmal an den Strand ging, kam ins Grübeln. Es schien, als triebe der Eisblock bewußtlos im Meer.

Mit dem Gefühl kommen wir da nicht weiter, hatte Karel entschlossen gesagt. Wir haben aufs neue unsere Kalender verglichen; sie enthielten unser erfolgreiches Leben. In Abschieds- und Wiedersehensdaten. Ich habe den Verlauf dieses Lebens zu verstehen versucht. Schließlich muß doch alles, was sich ereignet, dem Denken zugänglich gemacht werden. Was sollen diese freien Ressourcen im Kopf, wenn es nicht einmal gelingt, glücklich zu sein?

Auch die Liebe läßt sich organisieren, darauf hat Karel bestanden. Es lägen immerhin feststehende Größen vor: Zeit, Raum und Liebe. Drei Größen, damit ließe sich rechnen. Also jetzt laß uns nochmal genau unsere Terminpläne anschauen!
Ich glaube, so fing es an.

Das Millimeterpapier hat Onkel Roch immer einer Schatulle im Schrank mit gläsernen Flügeltüren entnommen. Er hatte gewartet, bis ich ins Zimmer getreten war, ein symmetrisches Ausbreiten der Flügel eröffnete das Ritual der Unterweisung. Nur Onkel Roch aus seiner Höhe konnte sehen, wie groß der Papiervorrat war; er entnahm stets ein einziges Blatt. Ich verfolgte Onkel Rochs Vorbereitungen. Der Geruch aus dem Schrank brauchte eine Weile, bis er über mich hergefallen war. Ich wähnte mich in einem sehr hohen rauschenden Wald. Ich hörte das Rauschen unter meinem Scheitel, während ich hinauf in Onkel Rochs gestutzten Bart sah, der auf den steifen Kragen aufstieß. Ein einziges Blatt hob er aus der Schatulle und legte es auf die graue tintenfleckige Unterlage in dem ledernen Rahmen.

Damit alles anfängt, braucht man zweierlei, sagte Onkel Roch. Seine langen Hände öffneten den Zirkelkasten.

Nichts und Geist, sprach Onkel Roch.
Tante Roch schob mir ein Kissen unter, ich wurde größer.
Das Nichts ist für Menschen nicht vorstellbar, wir müssen dazu etwas haben, das nicht Nichts ist. Einen Gegenstand oder irgendeine Gestalt.
Ich schaute ihn an.
Einen Geist! schlug ich vor.
Ein Geist macht dir angst, wandte Onkel Roch ein, Angst vernichtet alles. Nehmen wir irgendwas anderes.
Den Inder!
Welchen Inder, erkundigte sich Onkel Roch verdutzt, ach so, den Inder!
Den Inder und das Nichts! sagte Onkel Roch erfreut.
Und den goldenen Turban, forderte ich.
Ausgezeichnet, erwiderte Onkel Roch, damit ist es nicht irgendein Inder, sondern d e r Inder. Aber der Inder geht jetzt wieder weg.
Warum denn?
Der Inder war eine Vorstellung.
Ist das nichts?
Im Gegenteil. Eine Vorstellung ist so gut wie etwas.
Wie? fragte ich.
Der gedachte Inder ist genausoviel wert wie ein echter Inder, erklärte Onkel Roch.
Und der goldene Turban?
Auch! sprach Onkel Roch fest.

Ich wurde von Karels Leidenschaft für die Überwindung der Materie angesteckt; er saß jenseits des Atlantiks, den Rechner lässig auf dem rechten Knie, vor der Monterey Bay. Wasser, Himmel, Display und seine Surferaugen in einem einzigen gleißenden Silberblau. Das Bild ergoß sich über meinen Monitor – ich dachte im nächsten Moment, Karel wäre soweit, er sei zugeschaltet, er besäße den Code. Es durchflutete mich: Wir werden alle die gischtblauen Augen der Surfer haben, diesen Unendlichkeitsblick, diesen Blick aus der Welle! Der Mensch muß vollendet werden! Es wird plötzlich geschehen.

Beim Fliegen aber fielen mir oft große unbekannte Festlandbrocken ins Auge, sie bildeten sich in der Tiefe unter meinen Füßen haarscharf ab. Sie zeigten sich genau dort, wo der flatternde Körper das Nichts vermutet: ein Tropenhelm, der vor der Küste Kroatiens im Meer trieb, von der Größe einer kleinen Insel, auf der sich ein splitternacktes Paar sonnte. Und Schultern, geschwungen aus dem Meer ragend wie eine Sandwehe, die ich einst lange und versunken betrachtet haben mußte. Im Jahrhundert der Betrachtung muß das gewesen sein.

Zurück zum Nichts! rief Onkel Roch.
Ich wunderte mich, daß es so etwas gab. Ich fand das Nichts so leer. Im Gegenteil, sprach Onkel Roch still begeistert, es ist auf das schönste und strengste gemustert. Wie Utas Rock, wie der Flügel des Schmetterlings, wie die Schneeflocke, wie dein

Fingerabdruck, wie ein Lied: Oktave, Quarte, Quinte, Terz. Eine Schneeflocke ebenso, vielleicht große Terz, kleine Terz. Alles ist gemustert. Sei es eine Blume, dein Auge oder ein Haus. Vor allem das, sprach Onkel Roch: ein gut gebautes Haus. Die Gesetze der Harmonie sind auf die gesamte Welt anwendbar! Ich bin in Trance gefallen.

Allein im Bett, hoffte ich, daß Karel bald wieder von der Westküste wegbeordert würde. Die pazifische und nordamerikanische Erdplatte bilden keine günstige Konstellation für lange Arbeitsverträge, sie stehen seit langem unter Druck; wann der Punkt erreicht ist, da der Druck sich entlädt, eine kleine Anpassung von weit oben gesehen, weiß keiner. Aber er steht bevor. Die Bewohner von Pompeji haben es auch nicht gewußt; es ist eine Sache von Sekunden.

Allein im Bett, stellte ich mir einmal die letzte dieser Sekunden vor. Nebenan stürzte wieder ein Fels zu Boden.

Ein Frühling folgte dem anderen, die Sommer habe ich nackt in einer kleinen Holzbadewanne unter dem Rosenstrauch verbracht. Am Ende der Straße erschien meine Mutter in ihrem Mohnblumenrock, sie schob das mit Kartoffelsäcken behangene Rad den Berg herauf. Im Garten stand Onkel Roch im Leinenjackett, die Arme auf dem Rücken verschränkt, neben Tante Roch in ihrer Seidenbluse voller Stiefmütterchen. Und von Zeit zu Zeit goß mir der eine oder andere von beiden in hohem Bogen aus einer Gießkanne ein wenig Wasser nach.

Der nächste Weltgipfel lud das Glück als Hauptredner ein. Es hatte seine Teilnahme zugesagt, war aber nicht erschienen. Es steht von jeher in dem Ruf, launisch und unberechenbar zu sein. Dennoch konnte ihm nie der erste Platz auf der Sehnsuchtsliste des Menschen streitig gemacht werden. Dabei weiß keiner, wie es aussieht, es kann jede Gestalt annehmen. Es taucht auf aus dem Nichts, ist flüchtig wie ein Nebelstreif, bleibt nie lange kleben, aber streift noch lange am Horizont auf und ab, damit es ja keiner vergessen kann. Das erstaunlichste aber: Das Glück strengt sich kein bißchen an und bleibt dennoch die Nummer eins. Da es wieder einmal vorgezogen hatte, nicht zu erscheinen, debattierte man zwei Tage lang die unbegreifliche Energiebilanz des Glücks angesichts seiner dauernden Spitzenposition im Wettbewerb.

Am nächsten Ersten des Monats in der Stadt erzählte ich Karel von Island: Es existiert ein Ort auf der Welt ohne Wind. Er liegt in Island, ein von flachem Gestein umschlossener See. Das Gestein vulkanischen Ursprungs bildet kleine gekräuselte Wellen, von sehr empfindlichen Moosen überwachsen. Es sind die einzigen Pflanzen an diesem Ort. Beträte jemand dieses

Vlies, so bräuchte es sieben Jahrzehnte, um sich von dieser einen Berührung zu erholen. Der anscheinend abwesende Wind läßt die Atmosphäre ziellos den Atem anhalten, vielleicht als Einübung der Ewigkeit.

Kaum war ich zu Hause angelangt, erschütterten Stöße das Haus. Frisch aus der Luft gekommen, wünschte ich mir festen Boden unter den Füßen. Karel hat mich, wenn er im Lande war, so lange bekocht und bekostet, bis ich wieder Halt fühlte. Die Liebe ist eine Himmelsmacht, sie wird sich ebenso anpassen wie alles, was überleben soll, und ohne die Liebe wird nichts überleben, also wird die Liebe alles überleben oder aber keiner überlebt, sagte Karel aufgeräumt und fütterte mich.
Die Liebe erfordere nichts Außerordentliches, im Gegenteil. Sie erfordert Liebe, nichts weiter.

Den Krieg haben wir doch auch überstanden, sagt meine Mutter achselzuckend.

Berte saß mit einem Buch am Fenster. Während Elmar die aktuelle Sprachfehlerquote durchs geöffnete Fenster rief, muß er sie erblickt haben wie ein Bild von Vermeer im Louvre. Er machte seine Meldung bis zum Ende und rappte noch die versagende Stimme seines ältesten Tintenstrahldruckers daran. Dann wartete er. Das Gemälde der jungen lesenden Frau hing noch da.

Er verstand nichts. Er griff vorsichtig nach rückwärts, lud das Programm hoch, und es gelang ihm, die vollständige Sprachfehlerdatei des laufenden Monats durchs geöffnete Fenster über die Stadt zu rufen, unterbrochen von einem langen aggressiv-verzweifelten Song über die Vergänglichkeit der Technologien im allgemeinen und vom Ende dieses alten Tintenstrahldruckers.
Das Bild blieb.

Der nächste Weltgipfel handelte von der Sonne. Sie hatte in ihrer zyklischen Aktivität nachgelassen. Man war sich einig gewesen, daß von oben alle 12 Jahre Turbulenzen zu erwarten sind, sie hatten in den letzten Jahren zugenommen. Plötzlich waren sie ganz ausgeblieben. Ohne Ankündigung oder Kommentar. Eine Stille auf der Sonne, man hätte mit der Hand darüberstreichen können.
War dies die Ruhe vor dem Sturm?
Ein Redner wies darauf hin, daß Menschen auch hin und wieder Raubtiere in ihrem Haus gehalten haben, ihnen jedoch dann eines Tages selbst zum Opfer gefallen wären. Ein unbedachter Blick reiche, um die freie und großartige Natur des Wesens zu befreien. Was er damit sagen wolle, fragte ein Abgesandter Afrikas. Der Mensch hätte sich nie mit der Sonne einlassen sollen, wurde ihm entgegnet, aber es entspreche nun

mal seiner romantischen Natur. Er sieht sie so gern untergehen. Nun müsse er den Mut haben, den Standpunkt des Gegenübers einzunehmen. Von dort aus sei der Mensch nichts. Das mache vieles leichter.

Eines Tages hatte Berte wieder in der Wohnung gestanden und lange auf die voll aufgespannten Flügel meines Falters geschaut.
Werden alle im Flug erstochen?
Kein einziger im Schlaf?
Das waren ihre Worte.

Die Stadt machte immer weiter ihren unerschütterlichen Eindruck. Sie wächst auf natürliche Art, indem sie an manchen Stellen zerbricht und an anderen neu austreibt. An vielen Stellen, nicht gerade im Zentrum, stemmen die Wurzeln eines Baumes die Granitplatten des Fußsteigs hoch. Jahrelang läßt sich im Gehweg ein leichter Anstieg wahrnehmen, unter dem die Natur mit ihren Kräften vor sich hin spielt, ehe er aufbricht. Danach sieht alles aus wie aus einem Stoff.

Dann riß mich eines Morgens ein Einschlag aus dem Bett, als schlüge ein Kometenbrocken durch sämtliche Etagen, ein dumpfer Fall, das Gebäude erbebte bis in die Fundamente, die Putten auf den Gesimsen schwankten, des Nachbarn Atem, er pfiff durch die Wände, im Treppenhaus schwebte, kaum war

die Druckwelle verebbt, der Jasminduft seines Duschgels,
die feuchte Wärme seiner Anstrengung.
Ich ließ alles stehen und liegen.
Der Monsun ist gekommen!
Ich machte ein paar Schritte hinein – alles ist gut!
hat es in mir gerufen: Alles ist einfach!
Auch dieses Klima wird sich genießen lassen.
Ich bin in Indien gewesen!
Der Mensch weiß ja nicht, wer er sein kann,
wenn die Umstände es ihm abverlangen.
Die Umstände der Zukunft werden ihm zeigen,
wer er ist. Hat es in mir gerufen.
Warum dringt der Mensch nicht auf baldige Ermöglichung
seiner vollen Kapazität!
Was ist mit unserem Hirn?
Für welche Lebensumstände ist es vorgesehen?
Ich bin auf alles gefaßt und auf nichts vorbereitet.
Ich eilte dem Nachbarn nach – ich wollte ihn sehen,
der schon in der untersten Etage angekommen war,
ich hatte ihn noch nie gesehen.
Sein Duft wurde dichter, seine schweren, wippenden Schritte,
ich nahm zwei Stufen auf einmal; der Nachbar duftete jetzt,
als stünde ich neben ihm in der Duschkabine, ich stürzte quer
über mein linkes Schienbein, schlug am Treppenabsatz auf.
Unten klappte lässig die schwere Haustür.

Am Ersten des folgenden Monats an einem Cafétisch in der Stadt gestand ich Karel, ich sei nun tatsächlich das erste Mal in Paris gewesen. Es habe sich so ergeben und sich nicht umgehen lassen.

Wie war's? hatte er nach kurzem Zögern gefragt.

Die Betten hoch wie Tische, sagte ich.

Und?

Am Morgen zog ich mich an, um zum Frühstück hinunterzugehen, ich stolperte über das Tablett vor der Nachbartür, ein angebissenes Croissant.

Karel hat mir schweigend zugehört.

Ich machte auf dem Absatz kehrt, schloß mein Zimmer wieder auf und warf meine Handtasche aufs Bett.

Karel hat mich nur angesehen.

Ich erinnerte mich soeben, wo ich mich befand: in Paris!

Na und?

In Paris frühstückt man im Bett, oder?

Karel hob langsam die Schultern.

Aber wie? Man ordert den Zimmerkellner. Und wie empfängt man es?

Du warst in Paris, nicht ich, sagte Karel.

Wie empfängt man das Frühstück? Auf dem Bett sitzend, liegend, bekleidet oder im Negligé?

Wie hast du es gemacht?

Ich habe mich wieder ausgezogen.

Wieso?

Weil ich in Paris war, in einem französischen Bett, so hoch wie ein Tisch, habe ich Karel erklärt und meine Tasche nach der Taube neben seiner Tasse geschleudert.

Einmal schrie es tief aus dem Treppenschacht herauf, ich riß die Wohnungstür auf, die hochhackigen Stiefel, kleine Größe, standen inmitten leerer Fünflitereimer und zitterten. Unten im Haus erschien Elmars entgeistertes Gesicht. *Sekundengau im Netz der kleine Tod!* hat Elmar aus der unteren WG bis Mittag durchgeschrien, ehe er wieder Rhythmus fand.

Ich habe versucht, Ruhe zu bewahren.

Madame Fleur hat sich in ihre Lebensskulptur aus Schuhen gestellt, dann ist sie darin auf und ab gegangen. Ich habe nur dagesessen. Fleurs Beine gehen auf und ab wie Säulen im Traum. Ihre Achillessehnen: aus Elfenbein gedrechselt. Alles ist gut. Wenn nicht einmal Schönheit vergeht, dann vergeht überhaupt nichts.

Karel hat sich irgendwo über sein Modulsegment gebeugt, ein Objekt, nahezu unsichtbar für das Auge, eine seismische Masse, aufgehängt in einem winzigen Käfig. Selbst wenn er körperlich anwesend ist, kann ein Mann verschwinden. Ich habe die Mausefalle gesehen.

Ich liebe seine Weltverlorenheit, wenn er nachdenkt. Er denkt nie über die Welt nach; ich verstand nicht, worüber er so lange nachdenken konnte. Sein Anblick war dann rätselhaft; ich wundere mich nicht, daß ich ihn liebe.

Am Ende dieses Jahres habe ich Karel dreizehnmal gesehen. Dreizehn Mondzyklen ergeben 364 Tage. Ich habe Karel 364mal geküßt. Das Weltall ist asymmetrisch und zyklisch; die Liebe ist weder das eine noch das andere.

Das Weltgebäude, kürzlich scherte es mich einen feuchten Kehricht, als Karel mir eröffnete, er mache noch einen vierwöchigen Abstecher nach Japan, auch das sei nur sieben Stunden weiter oder, von weit oben gesehen, vielleicht sechs Zentimeter oder hochgerechnet – Halt! rief ich, ich habe das Kopfrechnen längst aufgegeben.
Gut so, sagte Karel, es handelt sich ja mehr um eine gefühlte Änderung, Entfernung und Flugzeit heben sich letztlich auf, bei einer guten Lektüre zum Beispiel. Oder es ließe sich ein Brief schreiben, das würde man mit Boden unter den Füßen ja kaum noch tun. Er versprach mir also einen Brief, den er dann über Japan aus dem Flugzeug werfen wollte mit unserer Postadresse, was den Japanern Gelegenheit böte, den Service unter Beweis zu stellen, für den sie in der übrigen Welt berühmt seien.

Halte den Blick! hat Fleur gesagt.
Wie im Tanz hefte den Blick beim schnellen Drehen an einen Punkt, laß ihn im allerletzten Moment los und fang ihn im nächsten wieder ein. Nur so hältst du dich in hohen Geschwindigkeiten aufrecht. Es erfordert Konzentration, sie wird dir in Fleisch und Blut übergehen. Wenn du die Technik erst beherrschst, dann ist es die reine Hingabe an diesen Punkt, die dich hält.

In der Stadt am Ersten des folgenden Monats habe ich Karel von Indien erzählt; und er wollte mir von Japan erzählen. Dabei haben wir uns die ganze Zeit an den Händen gehalten. In Indien wollen einen die Menschen immerzu anfassen. Sie glauben nicht, daß man weiß ist. Ich wußte es selber nicht. Erst durch das ständige Angefaßtwerden kam ich auf die Idee, meine Haut genauer zu betrachten. Tatsächlich ist sie mir dort viel heller erschienen, was auch an der Sonne gelegen haben kann. Jedenfalls, sagte ich zu Karel in der Stadt, habe ich mich an das dauernde Berührtwerden so sehr gewöhnt, und nahm seine Hände und legte sie um meine Wangen und weinte.

Es war auf einem Berg errichtet, und die Sonne schien. An den alten hohen Bäumen sprangen gerade die Knospen auf, die großen fetten Magnolienkapseln. Stille Straßen schlangen sich um den Berg, die Bordsteine waren hoch, und die Fußsteige hießen alle Trottoir. Auf den Straßen platzte hier und da der wulstige Asphalt vom letzten Winter.

Bleib auf dem Trottoir oben! rief meine Mutter durch meine Kindheit. Das Trottoir: gesäumt von Hecken, Holzzäunen, Steinsäulen, von Rosen- und Rhododendronbüschen, Weiden und Zedern, dahinter versteckt die alten Villen auf einer Anhöhe vor der Stadt, von Pflanzenwuchs überwuchert.

So hatte ich mir mein Leben nicht vorgestellt, sagte ich am Morgen neben Karel noch im Liegen. Drei Stunden später mußte einer von uns beiden durch die Sicherheitskontrolle für Transatlantikflüge gelangt sein. Nebenan war gerade ein Einschlag niedergegangen, das Gebäude kam nach zwei Sekunden wieder ins Gleichgewicht. Im nächsten Moment wurde mir klar, ich hatte bisher noch nicht im einzelnen darüber nachgedacht, wie ich mir das Leben vorstellte. Es war mehr ein Gefühl von etwas Plastischem, in dem man lebt, etwas Mehrdimensionales, in dem etwas mit einem passiert, das einen wiederum ausfüllt. Etwas tief und irisierend Leuchtendes. Etwas unvergleichlich Strahlendes.

Und wie hast du es dir vorgestellt, fragte Karel, d e i n Leben? Er hat es allen Ernstes gefragt. Er muß sowenig wach gewesen sein wie ich. Ich erinnere mich an das Gefühl, als wir uns entgeistert umschlangen: ein Fall durch einen tiefen, eigenschaftslosen Raum.

Der nächste Weltgipfel befaßte sich mit den Grundfesten. Es sollte erklärt werden, aus welchem Material sie bestehen. Bohrungen in den Erdkern hatten eine merkwürdige Masse zutage gefördert. Sie ähnelte eher einem formstabilen Gel denn fester Materie, war unempfindlich gegen mechanische Einwirkungen, reagierte aber auf Anschauen und Ansprechen. Die Geologengruppe aus internationalen Koryphäen konnte sich nicht einigen auf die Formulierung DIE GRUNDFESTEN SIND ERSCHÜTTERT. Es handelte sich um etwas anderes, möglicherweise etwas gänzlich Unbekanntes. Die Grundfesten waren im Begriff, sich grundsätzlich zu verändern.

Einmal nur bin ich allein gewesen, es war der fünfte Sommer. Onkel Roch schnitt einen Rosenstrauß für meine Mutter, die ihr Rad mit zwei Säcken Kartoffeln die Straße heraufschob, Tante Roch buk Haferplätzchen. Ich stieg auf den Stuhl, öffnete die Schrankflügeltüren symmetrisch und hob den Deckel von der Schatulle. Das Papier reichte bis zur Hälfte.
Es war noch Papier für das ganze Leben da.

Ich schloß die Schatulle und entdeckte eine Schale. Ich konnte sie erst aus dieser Höhe sehen. Auf dem Boden erblickte ich einen Schlüsselbund, schwer wie Blei, als er in meiner Hand lag. Onkel Roch sagte nebenan etwas zu Tante Roch. Dann brachte er eine Probe vom Gebäck aus der Küche. Er näherte sich wie immer im Nacken ein wenig gebeugt, um mich nicht mit seiner hohen Gestalt zu erschrecken. Ich saß da und schlenkerte mit den Beinen.

Im schönsten Fall ist die Erde rund. Das heißt, sie wurde aus einem Punkt geboren! Der Weltgeburtspunkt ist unvorstellbar klein und hat auf groteske Art und Weise zugenommen. Der Punkt an sich ist kein Körper, sprach Onkel Roch, man kennt ihn als kleinste runde Fläche, als Endpunkt, Anfangspunkt, als Mittelpunkt, als Blau in Utas Rock, als Fliegenschiß auf Fensterglas, als Suchpunkt, Sehnsuchtspunkt, Fluchtpunkt am Horizont, im Wellenmeer verflüchtigten Punkt, sprach Onkel Roch, kurz: als verschwundenen Punkt.

Damals hat meine Mutter manchmal nur kurz gelächelt, dann hat sie die Kartoffeln in den Keller getragen und die Einweckgläser heraufgebracht und Birnen aus Straßgräbchen eingekocht. Dann folgten fünfzig Jahre, und sie lachte öfter, freier, immer schöner, mit jedem Jahr, das ins Land ging, unbändiger. Was ist los? frage ich sie. Was ist passiert? Ist alles in Ordnung?
Sie holt tief Luft. Und lacht.

Das Paar erwartete mich jeden Morgen oben auf der Empore, wo das Geländer mit einem eleganten Schwung abwärts fiel.

Beide von hohem schlanken Wuchs, sein langes Gesicht von schneeweißem Bürstenschnitt und gestutztem Kinnbart umrahmt, ihr klassischer Kopf mit hoher freier Stirn und dem zum Nest gerollten Zopf über dem Nacken. Sie sprachen gedämpft und bewegten sich gemessen, wie ein Paar aus einem alten Adelsgeschlecht: Der Stadtbaudirektor a. D. Dr. Roch und seine Gattin.

Die junge Familie, der ich angehörte, bewohnte zwei kleine Zimmer auf der Südseite der Empore, das Paar ein einzelnes Zimmer auf der Westseite. Wir alle waren neu in diesem Haus, und ich war neu auf dieser Welt.

Die Blüten sprangen über die Gartenmauer, der Kappelbach rauschte, die jungen Frauen schwenkten weite bunte Röcke, Segelflieger glitten durch den Himmel, manchmal ein geheimnisvolles Dröhnen aus den Wandererwerken, Herren in weißen Hosen strebten Sonntags dem Tennisplatz zu. Ich habe Fita Benkhoff gesehen, einen Staubwedel in der Hand, gerade als sie damit Theo Lingen einen koketten Klaps auf das Revers seiner Livree versetzte und den Wohnungsschlüssel in ihrem Spitzenschürzchen verschwinden ließ.

Es gab manchmal ein Mittagessen, Kartoffeln mit Leberwurst oder Kartoffelpuffer. Nach Kartoffeln mit Quark leckt Onkel Roch den Teller ab, lacht und putzt sich danach lange mit seiner Serviette den Bart. Sein Hals reibt an seinem hohen Kragen. Ich darf auch meinen Teller ablecken. Tante Roch legt eine Patience. Dann klopft es an der Tür, meine junge Mutter steht auf der Empore in ihrem weiten Blumenrock und nimmt mich mit.

Jetzt halten Tante und Onkel Roch Mittagsruhe. Ihr hohes breites Bett mit dem graugrünen Überwurf steht direkt hinter dem Eßtisch. Vielleicht denken sie an ihr eigenes Kind, das von einer Amme und einem Kindermädchen betreut wurde. Sie freuen sich sehr, jetzt auf einmal zu erfahren, in welcher Welt so ein Kind lebt. Im Paradies.

Es mangelte an nichts. Unter ihren leicht schnorchelnden Atemzügen bin ich zurückgekehrt und habe mich in die Nische mit der einzigen verschlossenen Tür geschlichen, der Tür zur Vorratskammer. Kaltblütig steckte ich zuerst den größten der Schlüssel am Bund in das Schnappschloß der niedrigen Tür; Onkel Roch bückte sich jedesmal ungeschickt fast mit dem Kopf bis zum Boden, wenn er Tante Roch eine Tüte Mehl herausreichen wollte. Ich dagegen konnte aufgerichtet hindurchgehen wie Onkel Roch durch die Haustür. Die Kammer blieb verschlossen. Ich probierte alle Schlüssel durch bis zum kleinsten, keiner paßte. Ein fragender Ruf meiner Mutter von draußen wurde laut, ein zweiter und dritter. Onkel und Tante Roch erwachten. Ich stieß den letzten Schlüssel ins Schloß,

warf einen schnellen sichernden Blick aus meinem Winkel zum Bett, da sah ich es zum allerersten Mal: Wie Tante Rochs Haarknoten in einem langen Zopf herunter auf die Bettdecke fiel und sich dort fortringelte. Ich konnte meine Augen nicht abwenden. War Tante Roch denn jung?
Meine Mutter mit schamrotem Gesicht riß mich weg und aus dem Zimmer, während ich stolpernd zu Tante und Onkel Roch zurücksah, die aufrecht in ihren Kissen saßen, zwischen ihnen der dunkle, silbrig gesträhnte Zopf.

War mein neugeborener Bruder daran schuld? Oder hätten wir beide das Wachsen einstellen müssen? Oder werden eben nicht mehr als fünf Jahre zur Errichtung des Paradieses gebraucht?

Wir zogen aus dem Garten aus. Heimlich war am anderen Ende der Stadt eine größere Wohnung zum Einzug vorbereitet worden. Plötzlich standen am Ende eines Tages die zwei kleinen Zimmer auf der Empore leer. Es war bereits dunkel, die Betten waren verschwunden, zusammen mit den Eltern und dem Wickelkind. Am Treppenabsatz nahmen mich Onkel und Tante Roch in Empfang. Sie übergaben mir ein Köfferchen mit den Zeichensachen. Dann schritt ich in ihrer Mitte hinaus aus dem Garten, die Parsevalstraße hinunter, wir bogen in die Liliencronstraße ein, überschritten den Kappelbach, und vor uns lagen die Wandererwerke, die jetzt ganz still waren.

Eine gelb leuchtende Straßenbahn ratterte heran, eine Straßenbahn in der Nacht. Ich hatte noch nie eine Straßenbahn gesehen. Onkel Roch hob mich hinauf auf den Perron, wobei ich mich an mein Köfferchen klammerte. Ich durfte am Fenster sitzen. Augenblicklich hatte ich den Garten vergessen. Er versank in der ersten durchwachten Nacht meines Lebens.

Die jähen Lichter einer Stadt blitzten auf; von einer Stadt war immer die Rede gewesen, sobald meine Mutter das Rad bestieg. Die Hände an den Schläfen und an der Fensterscheibe, starrte ich wie durch eine Taucherbrille hinaus. Einzelne Lichter wurden von düsterem Mauerwerk aufgesogen. Aus dem Gaslaternenschein traten Menschengruppen heraus und verschwanden wieder, hier und da ragten Eisengestänge aus den Schuttbergen eingestürzter Häuserwände, steil im Dunkel standen Mauerreste, von denen schwarze Fensterlöcher tot ins Leere blickten. Und bei jedem Halt drängten Menschen heran, deren fahle Gesichter unter der Fensterscheibe anhielten und zu schlafen schienen, als würden sie nicht gesehen.

Ich bin in Indien gewesen.
Ich immer noch nicht, hatte der Taxifahrer gesagt.
Ich war in Indien.
Und? wollte er wissen.
Es geschah, daß mich ein Brief erreichte, und ich brach auf.
Sie kannten doch jemanden in Indien?

Ja, einen Inder.
Einen von einer Milliarde, lachte der Taxifahrer, wo lebt er denn, der eine?
Lebte. Als ich Kind war. Er ist schon tot.
Tut mir leid. Das macht dort aber nichts, hab' ich gehört, Leben oder Totsein. Das ist dort alles eins, irgendwie.
Irgendwie schon, ja.
Hat er Ihnen nicht einen Brief geschrieben?
Stimmt.
Aber da haben Sie doch was in der Hand.
So gesehen, ja.
Und?
Man wartet halt immer. Als ob endlich was eintreten müßte.
Aber nicht, wenn man was in der Hand hat!
Dann wartet man nicht so ins Blaue.
Also haben Sie seine Spur nun aufgenommen oder nicht?
Das war in der Menschenmasse nicht möglich. Dort strudelt immerzu alles, und zwar vor deinen Augen, als ob man in fließendes Wasser schaut.
Aber wenn Sie mal systematisch vorgehen und die Analphabeten abziehen, bleiben vielleicht noch eine Zehntel Milliarde, macht Hundertausend Millionen, die als Briefschreiber in Frage kommen. Das hört sich doch schon besser an. In welcher Sprache ist er denn verfaßt, es gibt dort doch so viele Sprachen, Hindi, Tamil, Kashmiri, Bengalisch.
Sie kennen sich aus, sagte ich zum Taxifahrer. Ich kann Ihnen

zu Indien nichts sagen. Man wartet immer auf etwas. Vielleicht auf die Zukunft. Dann fliegt man zehn Stunden am Stück, landet und stellt fest, eine Milliarde Menschen leben schon in der Zukunft. Dann heißt es, was du hier siehst, ist aber die Vergangenheit. Wo befinden wir uns eigentlich?
Das ist doch egal, wie was heißt, Hauptsache, es ist Tatsache, sagte der Fahrer, und das können Sie doch dort mit Händen greifen!
Ja, gab ich zu, es liegt direkt vor einem, quer auf der Straße. Man weiß nicht, ob es schon tot ist. Oder noch nicht ganz. Es hat Augen und guckt einen an. Und man weiß es nicht.
Und was haben Sie erwartet? rief er aufgebracht.
Einen blauen Falter, eine ganz neue Mutation, sagte ich, eine unbeschreibliche Schönheit, die durchhält.

Ich weiß nicht, wie Elmar aus der unteren WG es gemacht hat, aber das Bild von Vermeer ging nicht mehr weg, sobald er zum Fenster hingeschaut hat.
Da stand eine junge Frau und las in einem Buch.
Sie zeigte ihm ihr Profil und eine Flut von sehr zarten Locken. Eines Tages muß sie sich zu ihm hingedreht haben, ohne ein Wort, sie las einfach weiter und ließ sich weiter anschauen. Sie hat zwischen den Rechnern, Druckern, Scannern und Kopierern dagestanden wie ein hochversichertes Kunstwerk aus dem Louvre in den Farben Gelb, Ocker und Blau. Das dunkle Blau des Mieders kehrte durchsichtiger im Himmel über der

Landschaft im Hintergrund wieder. Ihre Lider waren auf das Buch gesenkt.

Bis zur Hälfte meines Lebens gab es Onkel Roch, und das muß reichen. Um das Weltgebäude aufzurichten, braucht es nicht länger als fünf Jahre. Am Morgen, nachdem ihr Haus bei der dritten Welle des Bombenangriffs auf die Stadt in Schutt und Asche gefallen war, besaßen sie noch den Schlüssel und den großen Amethyst, den Tante Roch am Finger getragen hat.

Wer weiß, wie lange Elmar aus der unteren WG so zwischen seinen Druckern, Scannern und Kabeln auf und ab gewandert ist. Er hatte Drucker auf Vorrat gekauft, sie hatten fast nichts gekostet, aber nun standen sie in seinem Arbeitsschlafraum herum, neben Papiervorräten, Büroklammerkistchen, Klebebandrollen für Notfälle, und nahmen Platz weg. Jedesmal, wenn ein Drucker wieder den Dienst versagte, steckte er die Kabel um, immer wenn es auf die arhythmische Weise ratterte und ruckte, verfiel er in den Rap, eigentlich nie war ein regelmäßiger Geräuschestrom zu hören, immerzu klang es, als habe sich jemand an einem großen Gegenstand verschluckt, es waren ununterbrochen lebensbedrohliche Symptome zu hören, und Elmar, der den Reduktionsgrad der Sprache im Netz aufzeichnete, war immerzu rappend auf den Beinen, um seine Geräte am Laufen zu halten, während die junge Frau aus dem Bild von Vermeer dastand, den Blick in ihr Buch gesenkt.

Sie war nur etwas weiter in den Raum hineingerückt. Elmars gesamte Notfallhardware befand sich jetzt hinter ihr.

Als ich Karel das erste Mal vergessen hatte, weinte ich lange, als ich es bemerkte.

Einmal stand die Tür zur unteren WG offen, und ich sah Elmar vor seinem Rechner sitzen, ein eisblaues Licht auf dem Gesicht. Hinter dem Bildschirm stand die junge Frau aus dem Louvre mit dem Buch in den Händen; Elmars Gestalt war sprungbereit gespannt.

Sie las ihm leise vor: Als aber niemand mehr weiterwußte, verschwanden auf einmal die Dinge, und die zum Platzen gefüllten Zwischenräume blieben übrig und ergossen sich über die Welt.

Stopdamit! hat Elmar gerufen, *wohindamit?* Das Vermeerbild schlug das erste Mal seine Augen auf, eisblaue Augen mit einem dunkelblauen Ring um die Iris. Elmar ist irgendwie zusammengesackt, dann fing er wieder an zu atmen.

Karel hat es schließlich geschafft: sein Objekt, erbaut auf der Grundfläche eines Quadratmillimeters, ausgestattet mit Fühlern, die selbst feinste Umgebungsparameter aufnehmen.

Einfach, klar, genial! versicherte mir der Mann, den ich liebe.

Eine winzige seismische Masse, die an Siliziumfäden hängt, in einem Käfig von einem Kubikmillimeter Größe, wo sie in alle drei räumlichen Dimensionen ausgelenkt werden kann, permanent in Schwingung mit konstanter Amplitude gehalten werden muß, wofür ein Oszillator sorgt, dessen Frequenz auf die Eigenresonanz der seismischen Masse abgestimmt ist. Seine Einzigartigkeit habe er dem menschlichen Gehirn abgeschaut, wo das Mitfühlen ja als Funktion tief eingebettet sei: in einer grauen Substanz über dem Hirnstamm träfen Wertungssignale auf sensorische Informationen und würden mit Rückmeldungen aus dem motorischen System verschaltet.

Karel schien mir an Gewicht verloren zu haben in den letzten Wochen. Er sprach auch schneller.

Wenn er die Elektroden der seismischen Masse auf direktem Wege digitalisiere, dann sei das digitale Signal zehnmal schneller, als eine Empfindung braucht, um vom Bewußtsein realisiert zu werden. Es weiß also zehnmal schneller, was los ist!
Ich strich sehr behutsam über die steile asymmetrische Falte zwischen seinen Brauen. Dann habe ich sie mit den Lippen berührt.
Vielleicht sogar hundertmal schneller, hat Karel überlegt.

Der nächste Weltgipfel wurde einberufen, um das menschliche Genom zum Einlenken zu bewegen. Nachdem es lange von allen Seiten umworben worden war, weil jeder als erster in seinen Besitz kommen wollte, war es nun still geworden um das menschliche Genom. Es hatte sich entschlüsseln lassen, und nun hatte es das Gefühl, es sei beraubt und ausgeweidet worden. Nicht Goldschmiede, Schlossermeister mit dem Wissen von Erfindern der Renaissance oder Leonardo da Vinci persönlich waren am Werk gewesen, sondern die Daten waren in falsche Hände gelangt. Das Genom gab bekannt, es werde sich in den nächsten 21 Tagen wieder verschlüsseln. Es sei kein Bauplan für den defektresistenten Hochleistungsmenschen, sondern die Partitur für ein Orchesterwerk für Streicher, Blechbläser und 40 mongolische Obertonstimmen.

Vollkommenheit ist möglich, sagte Karel, aber nur im Kopf. Und das muß reichen.

Es war, als Berte wieder einmal in der Wohnung stand und auf meine Kreaturen am Bildschirm sah, sie lächelte lange, was sie selten tat. Berte suchte geduldig nach Stift und Papier auf meinem Zeichentisch und zeichnete einen Kreis. Dann trat sie zurück und schien ihr Werk zufrieden zu betrachten. Dann setzte sie einen viel kleineren Kreis in den großen, dann einen zweiten von exakt der gleichen Größe, dann noch sechs weitere in perspektivischer Anordnung, so als sei der Kreis zu einer Kugel geworden und von Kugeln gefüllt. Acht! sagte sie und freute sich. Acht Zellen! Sie lachte. Die ersten ewigen Acht. Und alles heute nacht!

Zu früh, zu früh! hat Tante Roch aus der Küche gerufen. Mitnichten! rief Onkel Roch zurück und erklärte mir die Zwei, den Sündenfall, die Polarität, die Grundeigenschaft aller Erscheinungen, die Urspannung, sie repräsentiere sich in jedem Paar. Doch die Zwei sei statisch, in der Welt der Zwei bewege sich nichts, sie wird erst lebendig durch die Drei, die dritte Kraft: den Geist, rief Onkel Roch, die Liebe!

Berte hatte die Empfängnis wahrgenommen. Sie hatte gespürt, wie sich zwölf Spermien aus Millionen hervortaten, um dem dreizehnten den Weg zu bahnen. Es hatte sich auf ihrer Eizelle angefühlt, als führten diese zwölf inmitten des Gezappels ihrer Verfolger einen Stepptanz auf. Dann war es soweit: Der Solotänzer setzte zu einer punktgenauen Pirouette an und durchtanzte Himmel und Erde. Berte ließ ihre Locken über die Stadt wehen. Sehr zarte Kondensstreifen bildeten sich am nächtlichen Morgenhimmel.

Jener Ort in Island, sein Name ist unbedeutend, vielleicht hat er gar keinen Namen. Jener Ort ohne Wind. Er wird wie jeder andere auf diesem Breitengrad von wechselnden Jahreszeiten heimgesucht, es gibt Wetter. Die Wettererscheinungen ereignen sich sichtbar von oben nach unten oder unsichtbar von unten nach oben, als Niederschlag und Verdunstung. Es gibt keinen Wind. Es existiert keine Bewegung außer der senkrechten. Es gibt keine Verbindung zwischen Himmel und Erde außer der kürzesten.

Mit dem schönsten Fall, daß nämlich alles, einfach alles auf eins zuläuft, so wie ein Flußdelta ins Meer findet, damit hätte ich von Anfang an rechnen sollen, lacht meine Mutter.
Schon als ich jung war!

Ich habe in den letzten Wochen das Haus irgendwie zu halten versucht, die Architekten winkten lachend ab, in den WGs ein Kommen und Gehen, pausenlos flog die neue Spezies leibloser Freunde heran, jung, beweglich, bedenkenfrei, sie sitzen wie die Spatzen auf den Datenbänken und Dateifeldern, von fröhlichem Mitteilungsdrang, ohne Selbstbild und Gewicht. Die Advokaten verharrten im festen Hinblicken auf das Gesetz, und ich hatte die Hände an die Bettkante geklammert wie ein Rennschlittenfahrer. Die Erschütterungen begannen morgens, es folgten lange modulierte Schreie. Ungläubig betrachtete ich in einem unbeobachteten Moment das Namensschild an der Tür des Nachbarn aus handbreitem Abstand. Ich konnte es mit bloßem Auge nicht lesen, die Schrift hatte sich verkleinert, sie war so groß wie das Kleingedruckte auf Fastfoodpackungen.

Das rechte Auge von Arcus II war verrutscht. Es starrte mich linkisch an; es quoll nach vorne in den Raum, als wollte es seinen Körper verlassen. Karel befand sich in Japan. Ich wußte, daß er gerade eine andere Erfahrung machte, seit zwei Wochen schaute man ihm aus spaltbreit geöffneten Augen entgegen. Und ich konnte den Namen an der Tür des Nachbarn nicht erkennen und tappte zurück im Duft seines Duschgels.

Liebe ist vollkommen, darauf hat Karel weiter beharrt, sie paßt sich vollkommen selbständig den Bedingungen an.

Der folgende Weltgipfel befaßte sich mit einem grenzmathematischen Phänomen, für das eine einheitliche Sprache gefunden werden sollte. Es war dringend. Es werden auf der Erde 7000 Sprachen gesprochen, es gibt einen latenten Verständigungsnotstand, der im Ernstfall über Tod und Leben entscheiden könnte. Man beschloß einstimmig, eine Weltsprache zu bestimmen für DAS, WAS ZÄHLT. Nach drei Folgegipfeln einigte man sich auf ein Piktogramm, überrascht, es längst in großer Verbreitung vorzufinden. Selbst an den Türen verfallener Klohäuschen auf dem Lande fand man es säuberlich ausgesägt.

Wir haben uns verrechnet, habe ich im letzten Moment gesagt.

Karel war euphorisch, er hatte vor kurzem in einem japanischen Luxusrestaurant den legendären Kugelfisch bestellt. Ein Samurai zelebrierte das Zerlegen dieser in Teilen sofort tödlichen Delikatesse ohne Körperkontakt mittels zweier Schwertwaffen. Karel hatte dieses Mahl überlebt, tagelang berauscht von der Nähe des Todes, und war anderer Meinung. Der Mensch befinde sich inmitten des Gesamtmoduls, bei einer Variation im Detail variiert alles. Was die Änderung nicht mitvollzieht, sei überflüssig.

Ich bin in Trance gefallen. Das Herz weiß vor dem Hirn, das ist gemessen worden. Es weiß mit einer halben Sekunde Vorsprung.

Ich wollte ihn an unser Leben erinnern, aber es war zu früh. Wir konnten es noch nicht erkennen. Es lag ja noch nicht hinter uns.

Damals, als ich Onkel Roch verlassen hatte, als ich aus dem Garten ausgezogen war, als ich am Morgen entgeistert aus dem Fenster in eine unbekannte Gegend sah, pfiff mich Tine herunter auf die Straße. Ein fremdes freches Kind. Mit einer Ziegelscherbe rieb sie, rückwärts rennend, ein großes Rechteck in den warmen Asphalt, teilte es längs in der Mitte und dann zweimal quer in sechs Quadrate, zeichnete links unten beginnend aufwärts und dann rechts wieder abwärts die Zahlen Eins bis Sechs ein, wischte sich vom Ellenbogen bis zur Zeigefingerspitze die Nase und setzte dem Rechteck oben den Umriß einer großen Wolke auf, sprang in die Mitte und schrieb es eilig schräg hinein: Himmel. So ging es die nächsten Sommer täglich. Wir hüpften auf einem Bein aufwärts, abwärts und quer über die Erde, die Siegerin sprang mit beiden Beinen in den Himmel.

Und wie? hatte Fleur wissen wollen.
Barfuß, habe ich geantwortet.

Die Liebe ist eine Himmelsmacht und erfordert nichts Außerordentliches. Sie erfordert Liebe, nichts weiter, erinnerte ich Karel an seine eigenen Worte. Und eine Himmelsmacht ist doch ein Naturgesetz, weiter nichts.
Eben, hat Karel erwidert, darauf ist Verlaß.

Der folgende Weltgipfel wurde kurzfristig einberufen. Bei einer Routinekontrolle hatte man in manchen Regionen einen Rückgang der Vorfreude registriert. Der Vorfreudequotient gilt als ein Hinweis auf die Überlebenschance der Zivilisation bei einem größten angenommenen Unfall. Erfaßt wird bei solchen Messungen jener Strahl Vorfreude, der sich nicht auf das einzelne Ziel richtet, sondern permanent und feuerwerksartig über das Dasein ergießt und sich allein aus der Urschöpferkraft auffüllt. Wo sich diese Quelle befindet, ist nicht bekannt, aber es läßt sich mit ihr rechnen wie mit einer Unbekannten. Die Wissenschaft ist auf der Jagd nach diesem unfaßbar schnellen Wild, sie hat es bereits von mehreren Seiten umstellt, vermag jedoch auf der Lichtung nichts zu sehen.

Berte veränderte sich nach der Empfängnis auffällig, sie stand plötzlich erregt vor der Tür, ging auf meinen Zeichentisch zu, schlug mit dem Zirkel den Kreis und setzte einen Punkt hinein: das Herz!
Es hat wie ein kurzer, leuchtender Fanfarenstoß geklungen.
Ich zeichne nur Originalmaße, erklärte sie gleich darauf, und das ist, sie sah auf die Uhr, im Moment alles. Ihr Bauch war bereits eine perfekte kleine Kugel.
Wieso alles? fragte ich.
Alles, was wir sehen können. Alles andere ist natürlich auch schon da.
Wo?
Im Punkt! Er enthält das Ganze.
Welcher Punkt?
Jeder Punkt.
Meinetwegen, dachte ich, aber nicht mal das Küssen rettet das Ganze.

Wenn dein Silizium so alt ist wie die Erde, habe ich zu Karel gesagt, und nichts vergißt, dann hat es vielleicht eine Ahnung, wie das mit uns weitergehen soll? Er hat mich hellwach angeschaut. Er war auf dem Höhepunkt. Er befand sich im Strom einer stetig dahinschießenden Geistesgegenwart. Der Erfolg gab ihm recht. So also ist der Mensch gedacht. Wir rechneten jederzeit mit allem und hätten allem überallhin folgen können.

Etwas lag im Weg. Es ließ sich nicht mehr übersehen. Es mußte der Liebe endlich dieses Image von Häuslichkeit, Stallwärme, Trägheit und Empfindlichkeit genommen werden. Sie stammt aus einer anderen Zeit, und man sieht es ihr langsam an. So wie sie rumläuft. Sie ist von gestern.

Sie standen ganz oben auf dem vierflügeligen Kleiderschrank und sahen aus wie zwei kleine verschrumpelte Kartoffeln. Fleurs Kinderschuhe waren die einzigen, die in der Ausstellung ihres Lebens noch nicht den Platz gewechselt hatten. Sie waren aus einem Soldatenmantel zusammengenäht worden, und es fehlten ihnen die Spitzen. Vorne sahen sie aus, als hätte jemand umständlich mit dem Brotmesser versucht, mehr Platz zu schaffen. Sie wachten mit der Einfalt von zwei schrumpligen Kartoffeln über 27 Paar Stilettos unter ihnen, 55 Einzelgänger mit einem erfahrungsgesättigten Leben, und ich saß vor diesem Theater und wußte nicht weiter.

Was denkbar sei, sei auch möglich, sonst wäre es nicht denkbar. Das waren Karels begeisterte Worte. Ich dachte lange darüber nach. Ich stellte sie mir vor als das Merkmal der letzten Menschen. Aufgezeichnet im Artenlexikon der zukünftigen: Sie wollten alles Mögliche.

Der vorletzte Weltgipfel begann und endete mit der Bekanntgabe einer alles verändernden Entdeckung. Man hatte lange beraten, wie man dies schrittweise der Öffentlichkeit offenbaren sollte: Der Raum dehnt sich nicht, wie bisher angenommen, seit dem Urknall von einem Punkt in alle Richtungen aus. Es wurde ein Galaxienhaufen gesichtet, der sich wie ein Geisterfahrer mit einer Geschwindigkeit von drei Millionen Stundenkilometern auf diesen angenommenen Punkt zubewegt.

Am Ersten des letzten Monats dieses Jahres geschah es, daß der Flügelschlag eines Schmetterlings in Indien, es war der Letzte seiner Art, einen Wellenimpuls setzte, der durch die Inversionswetterlage über dem westpazifischen Raum nach Nordwesten schoß. Es lagen alle Anzeichen eines unmittelbar bevorstehenden Quantensprungs vor.

Geistig: Frequenzwechselphänomene
Körperlich: kurzzeitige Impotenzen
Seelisch: Hingabewellen

Allein im Bett, stellte ich mir gerade wieder das Leben vor. Das Haus schwankte, das Salz ist aus dem Streuer gefallen. Ich klingelte nebenan; ich wollte mir Salz borgen.

Die Stimme kam aus dem Off, und der Name an der Tür besaß, wie sich jetzt zeigte, das richtige Format für die Stimme, weder zu groß noch zu klein, genau durchschnittlich.
Wer da? fragte die Durchschnittsstimme.
Rechts nebenan, flüsterte ich – halt, stopp, nein!
Ich hämmerte gegen die Tür: Von Ihnen aus links!
Sie sprang auf, als habe ein Jahr lang jemand mit aller Gewalt dagegengedrückt und sei durch meine Gegenkraft zurückgeworfen worden. Ich stürzte einwärts, und der Mann mit der Durchschnittsstimme taumelte zurück gegen die Wand, er hatte reflexartig die Arme hochgenommen.

Er war halb nackt, halb Gott und leiblicher als alles, was aus den Ecken und von den Wänden mit angehaltenem Atem auf uns heruntersah: 30 Goldmedaillen und eine postkartengroße Sportfesturkunde mit einem vergilbten Ketchupfleck.

Ich trat nah an ihn heran und legte eine Hand auf seinen Pectoralis major.

Die Berührung war nur leicht, aber Pectoralis und Deltoideus anterior spannten sich augenblicklich zu einem vibrierenden Brustschild auf.

Der Nachbar hielt die Luft an; er sah mir fest in die Augen. Die seinen waren ganz unauffällig, sie traten jetzt etwas hervor.

Nochmal! ermunterten sie mich.

Ich berührte Sternalis; er sprang auf wie ein Ballon am Blasebalg, ich glitt mit zwei Fingern darüber hin.

Bitte! stieß der Nachbar hervor, ohne Luft abzulassen.

Ich tippte Serratus anterior an.

Nochmal, nochmal! mimte er mit geschlossenen Lippen.

Sein Kopf war klein und rot, sein Korpus stand wie eine verunglückte antike Statue im Zimmer, er starrte flehend in meine Augen. Mit dem Blick eines Jungen, der heimlich bis in die Spitze eines uralten Sequoia geklettert war und ganz oben nicht weiterwußte.

Pressen! kommandierte eine Stimme von hinten.

Ganz langsam leuchtete von dort etwas auf, der Widerschein eines Vermeer: eine vollkommene Wölbung unter einem Mieder in Gelb, Ocker und Blau. Das Blau war zart genug, die

Decke des gesamten Raums in zartes Blau zu tauchen. Der Nachbar wurde dunkelrot und atmete nicht.
Ich stieß hilfesuchend das Fenster auf.
Pressen heißt Posen! brüllte Elmar aus der unteren WG herauf.
Im nächsten Moment wölbte sich der ganze Korpus zu einer bis in die Muskelfasern zuckenden Plastik auf. In die flehenden Augen des Nachbarn trat ein Glanz.
Pressen/posen/pressen/posen/pressen/posen, rappte Elmar, er hatte seinen gesamten Gerätepark angeworfen, rannte dazwischen herum und schüttelte im Wechsel die sporadisch stockende Hardware. Das ganze Zimmer glühte von knallroten Error-Signalen.
Zwei Etagen höher begann der Glanz in den Augen des Nachbarn zu flackern.
Sternalis, Clavicularis und Latissimus dorsi sprangen versetzt zuckend hervor, rissen die Sehnen mit, die zum Platzen gefüllten Adern, die Haut spannte sich.
Der Nachbar hielt den Atem an.
Ein Schweißtropfen löste sich genau in der Mitte seiner Stirn und rann, zögernd vor Verlegenheit, auf den linken Nasenflügel zu.
Der Nachbar atmete kein bißchen.
In Indien, flüsterte ich flehend, können sie sogar ihr Herz anhalten!
Er hörte nicht auf, mich anzusehen; ganz hinten, auf dem

blinden Fleck seiner Netzhaut, war ein schütteres stolzes Lächeln erschienen. Es blieb dort hilflos stecken.
In Indien, beschwor ich ihn flüsternd, in Indien können sie ihr Herz nach 60 Sekunden wieder zum Schlagen bringen!
Ein Sturm von verzweifelten Zuckungen flog von seinem Brustkorb wie ein Pfauenschillern über alle Glieder und erstarrte. Augenblicklich ergoß sich das Blau aus Vermeers gewölbtem Mieder, eine zärtliche Flut, über die Decke und alle vier Wände.
Ich war in Indien! habe ich ihm auf seine Lippen gefleht.
Der Nachbar atmete einfach nicht.

Der letzte Weltgipfel dieses Jahres wurde einberufen. Ein Festkörper raste auf die Erde zu. Es war ein Gerücht. Man war zusammengekommen, um die Tatsache, daß es sich um ein Gerücht handelte, von höchster Stelle aus bekanntzugeben. In der Glaskuppel des Plenarsaals saßen die Teilnehmer hinter ihren Länderschildern und wußten nicht, was sie sagen sollten. Eine Tatsache war eine Tatsache. Sie starrten unverwandt durch die Glaswand hinaus. Gegenüber hatte sich eine Taube zwischen die Doppelfenster eines denkmalgeschützten Gebäudes aus dem 18. Jahrhundert verirrt. Sie war oben hineingeflogen, sie gehörte einer Generation von Tauben an, die solche Fenster nicht mehr kannte. Jetzt versuchte sie, zwischen den Scheiben wieder aufzufliegen. Eine blaßviolette Taube mit einem perlmuttfarbenen Halsring und dunkel glänzenden, jungfräulichen Augen; ihre Flügelspanne war viel zu weit. Einige Teilnehmer beteten im stillen, daß Tiere keine Seele haben mögen, andere füllten die Reisekostenanträge aus. Als nach 21 Stunden über den endgültigen Wortlaut der Bekanntmachung, das Gerücht über den auf die Erde zurasenden Asteroiden sei eine Tatsache, abgestimmt wurde, versuchte die Taube noch immer aufzufliegen, ohne an Kraft verloren zu haben.

Es geschah, daß mich ein Brief erreichte,
weich und mollig zu greifen – ein Brief!
Die Zeit der Briefe geht gerade zu Ende.
Noch erkenne ich einen von einer Person verfaßten
und niedergeschriebenen aus den Drucksachen heraus:
Er schaut einen an.
Wie ein Mensch oder ein Fisch im Liegen.
Oder ein kleiner Hund. Mit seinem ganzen Leib.
Der Brief hatte mich im Halbdunkel des Hausflurs
ruhig und leibhaftig angeschaut.
Ich wiegte ihn hin und her.
Ein Brief mit einem hübschen weichen Bauch.
Man reißt so was nicht mehr im Treppensteigen auf.
Die Zeiten sind vorbei.
Man durchsucht beim Steigen den Rest des Tages
nach dem einen Augenblick,
da man einer solchen Gabe vielleicht dringend bedürfte.
Ist eine Notlage in den nächsten Stunden wahrscheinlich?
Ein Unfall,
        Anfall,
              Überfall?
          Ein jäher Abfall der Hoffnung?
Ein Wankelmut, ein Unglaube?
Plötzliche Seelenschwäche aus dem Nichts heraus?
Dafür sollten Vorräte angelegt sein: Musik,
Passagen in geliebten Büchern,

gut sichtbar angestrichen
(zum Suchen ist es dann zu spät).
Oder man hält ein noch ungeöffnetes Geschenk
extra zu diesem Zweck zurück.
So läßt sich schon im Alltag üben,
die Katastrophe zu überstehen.
Ich spannte den Brief in einen Wechselrahmen
und hängte ihn an die Wand.

Dann habe ich gewartet.
Es ist ein Unterschied, ob ein Brief in Abwesenheit
des Adressaten im Postkasten vertrocknet,
oder ob er vom Empfänger aufbewahrt wird,
ungeöffnet.
Das erste geschieht in Millionenstädten täglich,
das andere hat vielleicht noch kein Mensch getan.
Der Weltwandel treibt einen zum Äußersten.
Ich stamme aus dem letzten Jahrhundert des Briefverkehrs,
ich war einst gesegnet mit Post,
die mit der Aura des Intimen
Nächte in Eisenbahnwaggons verbrachte,
Tintenbriefe in Säcken, Kästen, Kartons, Koffern,
verschwundene Briefe waren unter die Räder gekommen,
in einen Gullyschlitz gefallen,
von einem Propeller zerfetzt,
von einer Ziege gefressen worden

oder hatten sich in Eisenvitriol aufgelöst.
Ich stamme aus dem letzten Jahrhundert der Dinge.
Ich bin handgreiflich und handschriftlich erzogen
und aufgewachsen.
Ich taste Graphit wie Tinte auf Papieren
verschiedenster Oberflächen.
Ich verstehe mich auf die körperliche Weltaneignung,
ich erröte im Nu.

Schlafen legte ich mich seit langem spät nach Mitternacht.
Im Nachtgewand trete ich noch einmal ans Fenster,
unten die Stadt, ein sehnsüchtiger Fleck.
Ich öffne einen Fensterflügel, gleich bei welchem Wetter,
ich habe beiläufig aufgehört zu atmen.
Ich schließe die Augen;
das Küssen dient dem Vergessen.
Ich habe es immer gewußt.
Dann werfe ich meinen vollkommen gedankenleeren Kopf
hinaus in die Nachtluft
wie in einen schwarzen Teich.
Das Vergessen führt ins Einssein.
Ich nehme einen einzigen, äußerst behutsamen,
einen suchenden Atemzug.
Er überschwemmt mich;
für Augenblicke treibe ich in Geruchsschichten
einer Zeit,

deren Bilder mir abhanden gekommen sind.
Ich rieche einen Moment meines Lebens,
ich habe ihn mir nicht ausgesucht,
er flog im Luftstrom vorbei.
Sekunden aus meinem Leben,
die sich kurz in eine Matte aus Duft verwandelt
und mich gestreift haben,
wie ein Bettlaken auf der Leine im Nachtwind.
Ich schlucke meinen köstlichen Atemzug.

Es ist der Brief
aus der immerwährenden Gegenwart,
der Brief der letzten Unterweisung,
ich wußte es gleich.
Der verlorene Brief aus dem ewigen Kreislauf
der Aufzeichnungen. Der eine,
der immer verlorengeht.
Immer aufs neue.
Damit die Verzweiflung lebendig bleibt.
Und die Enge des Endlichen.
Und der gischtblaue Mut.
Einzig dafür: gelbe Postkästen, gelbe Fahrräder,
erschöpfte Postboten nur seinetwegen:
dem einen,
der verlorengehen muß.
Damit keiner aufgibt.

Niemand weiß etwas.
Ich habe überall Zettel hinterlegt: für alle Fälle.
Ich habe alles getan,
um den Eindruck von Normalität zu hinterlassen,
eine leichte Überspanntheit eingerechnet,
die Verschwinden wie Erscheinen unberechenbar macht.
Ich bin verschwunden,
ohne Fragen im Raum zurückzulassen.
So muß das geschehen!
Keinen Stoff für Gespräche auffindbar machen,
kein Veilchen, das gegossen werden will.
Die Abwesenheitsvermerke auf *vorerst* datieren.
Nicht am letzten Tag im absinthgrünen Kleid erscheinen,
dessen Nachbild noch drei Tage flammrot im Äther glüht!
Den Kapitänen der Postflugflotte vertrauen,
sie kennen die Folgen des Briefverkehrs.
So sieht ein Aufbruch aus!

Am Tag der Bekanntmachung
des dreißigsten Weltgipfelberichts
zog ich meinen Koffer durch die engste Gasse der Stadt.
Sie ist achtzig Zentimeter breit, verläuft über eine
Länge von sechzig Metern in zwei rechtwinkligen
Biegungen in das Innere einer Burg hinein.
Der Himmel über der Steinschlucht beginnt
in zwanzig Metern Höhe, die Wände beidseitig
scheinen sich nach oben hin zu schließen.
In welcher Höhe und ob es überhaupt dazu kommt,
mag wissen, wer jemals in eine Felsspalte
gestürzt ist. Ich nicht.
Ich gebe den Himmel nicht so schnell verloren.
Mein Koffer rammte mal rechts mal links
gegen die Ziegelwand,
Restputz fiel hinter mir herunter,
ich hielt die Luft an.
Um an Ausdehnung zu verlieren.
Man kann durch den Stein gehen wie eine Eidechse.
Mein Koffer: prall von Schuhen,
von den Aufzeichnungen vom Anbeginn der Zeit,
den Musterbögen der Zukunft
und den Resten meiner Rechenkunst.
Ich zerrte ihn durch die Spalte;
obschon draußen, so befand ich mich doch drinnen,
wiewohl auch umgekehrt.

Schon nach der ersten Biegung
ergab ich keinen Anblick mehr
für niemanden.
Die Sonne schleckte ganz oben am Dachrand herum,
nicht absehbar, daß sie ganz plötzlich
zwischen die Wände fiel.
In sechs Milliarden Jahren vielleicht.
So konnte ich ungesehen verschwinden.
Auch die Zeit hat Zwischenräume.
Der Koffer machte Lärm, als querte er einen Güterhof,
ich mußte ihn anherrschen wie einen Hund.
Weit konnte es nicht mehr sein!
An zwei prächtigen Toren kam ich vorüber,
ehe sich mir noch tiefer im Dunkeln
am Ende der Sackgasse ein drittes öffnete.

So fällt nur ein altes, sehr schweres Tor
in ein tiefgoldenes Schloß.

Die Liebe ist beweglich,
eine unüberschaubare Teilchenmasse,
eine selbstgewisse inwendige Form,
ich kann sie ziehen lassen.
Mitunter fühle ich sie irgendwo anstoßen,
in der Halsgegend, mal unter den Achseln
stupst sie mich, ein großer sanfter Fisch,
der gleichmütig beidreht,
als wüßte er einen Ozean um sich.